3. & 4. Klasse

INKL. Praxiserprobten Übungen zur optimalen Konzentration

W0198569

Vom Schreibmuffel zum Rechtschreibprofi

100 spannende 5 Minuten-Diktate

Wie Ihr Kind spielerisch ohne Stress und Streit die Rechtschreibung lernt

ISBN: 978-3-9822322-7-0

LERNEN MIT SPAß
VERLAG

1. Auflage
2021

INHALT

Herzlich Willkommen,

Hausübungen – und dann auch noch Zusatzübungen? – einfordern und kontrollieren: Das kostet einige Überredungskunst und auch Nerven. Damit Kinder auf dem weiteren schulischen Weg bestehen können, die Klassenstufe erfolgreich abschließen, einen guten Abschluss bekommen und ihnen so alle Türen für ein schönes und selbstbestimmtes Leben offenstehen, möchten viele Eltern ihre Kinder aktiv unterstützen.

Kinder verstehen das oft noch nicht. Und so wird das gemeinsame Hausaufgaben Machen oder Lernen zu einer echten Nervenprobe. Die Kinder lassen sich leicht ablenken und können oder wollen sich einfach nicht konzentrieren. Trotz den guten Vorsätzen und den besten Absichten kommt es zum Streit, denn Eltern wissen, wie wichtig die richtige Rechtschreibung für das weitere Leben ist: bei Bewerbungen, Mails mit dem Arbeitgeber oder Kunden, selbst im privaten Bereich. Die Rechtschreibung ist sozusagen die Visitenkarte einer Person. Schnell werden Rückschlüsse auf die sorgfältige Arbeitsweise oder Intelligenz einer Person geschlossen. Natürlich legen Eltern deshalb schon früh großen Wert darauf, die Rechtschreibung richtig zu trainieren. Kinder sehen das naturgemäß häufig anders. Sie wollen die Zeit mit ihren Eltern positiv erleben, ohne Streit, ohne Frustration und ohne ständig darauf hingewiesen zu werden, was sie alles noch nicht können.

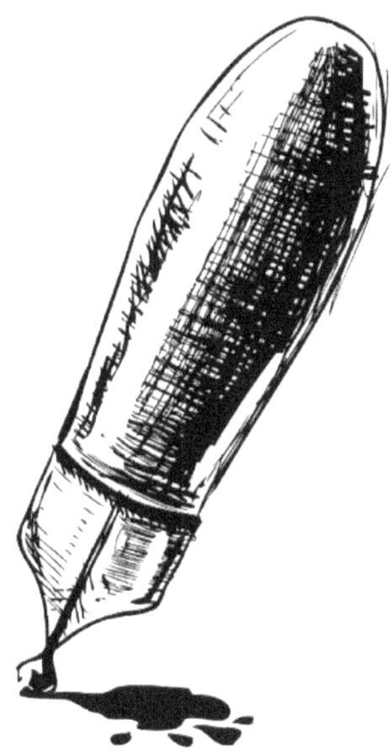

Warum also nicht vermitteln, dass Übung auch Spaß machen kann? So wird die erforderliche Lernzeit als gemeinsame Rechtschreib- und Sprach-Spiel-Zeit erlebbar!

Dieses Übungsheft möchte Eltern bei ihrem Vorhaben unterstützen, durch abwechslungsreiche und spannende Diktate und Übungen, die

Rechtschreibung des Kindes zu verbessern. Das kann auch ohne lange Diskussionen und Streitereien passieren, indem die Übungen und Texte auf die Interessen der Altersklasse abgestimmt sind.

Kleine Tricks und Tipps tragen dazu bei, dass das Üben sogar Freude macht.

Der Fokus liegt dabei nicht auf den Fehlern, die das Kind natürlich noch macht, sondern auf den Fortschritten, die es erreicht. Hier werden nicht die Fehler gezählt, sondern die Punkte. Und natürlich auch der Fleiß. Wie viele Sterne schafft Ihr Kind in einer Woche? Wie viele Punkte sind es insgesamt schon? Und gibt es auf der Übungsliste der Wörter, die noch geübt werden sollten, schon ein paar, die man abhaken kann?

In diesem Übungsheft finden Sie verschiedenste Übungsdiktate, aber auch abwechslungsreiche Schreib- und Konzentrationsübungen. Mit Spaß und altersgerechten Themen werden Kinder auf die Anforderungen der 3. und 4. Klasse vorbereitet. Dieses Übungsheft fördert die Motivation und Konzentration und sorgt mit einer Vielzahl von Übungen für eine gelungene Abwechslung. So macht Üben Spaß!

Warum sind Diktate wichtig?

Diktate sind eine Lern- und Übungsmethode, durch die das Wissen gut überprüft werden kann. Gleichzeitig motiviert es Kinder zu zeigen, was sie schon alles können. Diktate können allerdings auch zu Frustration führen, wenn etwas mal nicht so gut klappt. Ziel dieses Übungsheftes ist es deshalb, das Üben interessant und altersgerecht zu gestalten. Wenn das Üben Spaß macht, verbessert sich die Rechtschreibung. Dies wiederum motiviert das Kind dazu, weiter zu trainieren. Wenn Eltern das schaffen, haben nicht nur die Kinder mehr Freude, sondern auch sie selbst.

Diktate sind richtige Allrounder: Sie helfen Kindern nicht nur dabei, sich sprachliche Elemente und Regeln einzuprägen, sondern fördern auch die Konzentration und Disziplin. Wichtig ist, dass die Diktate auf das Leistungsniveau des Kindes angepasst sind, um eine wirksame Methode zu sein und nicht die Frustration zu steigern.

8 Tipps für das richtige Üben von Diktaten

1 Klare Vereinbarungen

Sie können zusammen mit Ihrem Kind einen wöchentlichen Übungsplan vereinbaren. So sieht Ihr Kind, dass es auch nach dem Üben noch genügend Zeit hat, um zu spielen oder Freunde zu treffen. Das ist wichtig für Ihr Kind, damit es motiviert bleibt. Sie sollten sich immer an diese Absprachen halten, um ein Vorbild für Ihr Kind zu sein und Frustration zu vermeiden. Wenn ein Kind sein Hobby oder die Spielzeit für das Üben aufgeben muss, sorgt das garantiert für extra Reibungen.

2 Wie in der Schule

Sie sollten sich bei der Lehrerin oder dem Lehrer informieren, wie er oder sie diktiert. Es hilft Ihrem Kind nicht, wenn zu Hause ganz anderes geübt wird als in der Schule. Das führt nur zu Verwirrung.

3 Abwechslung

Auch dieser Punkt ist für Sie und Ihr Kind gleichermaßen wichtig. Ein ödes Vorlesen und Schreiben langweilt alle Beteiligten. Viele Eltern wissen nicht, dass es zum Beispiel auch Schleich- oder Würfeldiktate gibt.
Auch die Textinhalte sollten auf die Interessen und das Leistungsniveau Ihres Kindes abgestimmt sein.

4 Rechtschreibung im Alltag

Auch im Alltag können Sie immer wieder kleine Übungen einbauen. Sie können Ihrem Kind zum Beispiel den Einkaufszettel diktieren, ohne es als Übung zu benennen. Außerdem ist es wichtig, dass Sie auch bei den Hausaufgaben in anderen Fächern die Rechtschreibung Ihres Kindes kontrollieren.

5 Konzentration

Sie sollten darauf achten, dass sich Ihr Kind wirklich konzentrieren kann. Erstens sollte eine ruhige Atmosphäre geschaffen werden: also ohne TV oder Radio. Zweitens kann es vorkommen, dass Kinder etwas beschäftigt oder bedrückt: zum Beispiel Streit mit den Freunden oder Probleme in der Schule. Auch mit Hunger oder Durst kann sich keiner konzentrieren. Sie sollten also zuerst alle dringenden Bedürfnisse abklären und sich auch bewusst die Zeit nehmen, mit Ihrem Kind zu sprechen, und versuchen, die Probleme zu lösen.

6 Locker bleiben

Wenn zu verbissen geübt wird, kann sich das negativ auf die Stimmung ausüben. Ein Witz oder eine lustige Geschichte können die Stimmung etwas lockern. Wenn Ihr Kind beim Üben Spaß hat, wirkt sich das positiv auf den Lernerfolg aus.

7 Lob statt Strafe

Diktate dürfen niemals als Bestrafung gebraucht werden. Sie sollten auf Sätze wie *„Wenn du wieder eine schlechte Note bekommst,* ***musst*** *du jeden Tag ein Diktat üben!"* verzichten. Diktate sollen Spaß machen und in einer entspannten und freundlichen Atmosphäre stattfinden. Nur so können sie ihren schlechten Ruf überwinden. Und: Lob motiviert weit mehr als Strafe. Statt nur die Fehler zu zählen, wollen wir deshalb auch lieber „Punkte zählen" und „Sterne verdienen". Dazu später mehr.

8 Nicht über das Ziel hinaus

Sie sollten weiterhin darauf achten, dass nur Rechtschreibthemen zu Hause geübt werden, die auch schon in der Schule besprochen wurden. Ein Übereifer der Eltern kann das Kind schnell überfordern und zu Frustration führen. Außerdem langweilt es sich sonst vielleicht in der Schule und schaltet ab. Dadurch kann Ihr Kind wichtigen Unterrichtsstoff verpassen.

Tipps und Tricks für Kinder

Hallo,

vielleicht ist das Wort „Diktat" für dich auch der Horror? Findest du, dass Diktate immer viel zu schwer sind? Dann liegt das sicher nur daran, dass du einfach noch nicht genug Übung hast! Du wirst sehen, wenn du gleich anfängst zu üben, dann werden dir ein paar kleine Diktate bald nicht mehr den Schweiß auf die Stirn treiben. 👍
Wenn du fleißig übst, wird es dir bald viel leichter fallen und du wirst merken, dass du das kannst. Hier findest du schon einmal ein paar Tipps:

1. *Höre genau zu! Wenn das Diktat das erste Mal vorgelesen wird, höre schon einmal ganz genau zu. So lernst du den Text kennen und kannst den Sinn verstehen. Wenn du dann Fragen hast, weil du vielleicht ein Wort nicht verstanden hast, frag direkt nach.*

2. *Nimm dir Zeit! Auch wenn du in der Schule nicht viel Zeit hast, ist es wichtig, dass du dir beim Üben genau überlegst, wie etwas geschrieben wird. Werden die Laute kurz oder lang gesprochen? Wird das Wort groß oder klein geschrieben? Gibt es eine Regel, die du beachten musst?*

3. *Wenn es ein Wort gibt, dass du besonders schwierig findest, markiere es. Du kannst diese Wörter alle in einer Tabelle, in einem Heft oder auf Karteikarten sammeln. So kannst du sie dir auch später nochmal anschauen und es wird nicht lange dauern, bis du sie perfekt beherrschst.*

4. *Mut zur Lücke! Wenn du ein Wort nicht verstanden hast, kannst du einfach eine Lücke lassen. Und dann hörst du noch einmal ganz genau zu, wenn der Text am Ende nochmal vorgelesen wird.*

5. *Richtig aufpassen! Lies dir deinen Text ganz genau durch. Ergeben die Sätze einen Sinn? Hat jeder Satz ein Satzzeichen und sind die Anfänge groß geschrieben? Hast du irgendwo ein Wort vergessen?*

6. *Rückwärts lesen! Um die einzelnen Wörter besser kontrollieren zu können, kannst du den Text einmal von hinten nach vorn, Wort für Wort lesen. Achte darauf, dass du keine Buchstaben vergessen oder verwechselt hast.*

7. *Mach dasselbe Diktat ruhig ein zweites Mal. Das ist kein Schummeln, wenn du beim zweiten Mal besser bist. Das zeigt nur, dass du schon etwas gelernt hast.*

Sterne und Punkte

Damit du deinen Lernerfolg besser einschätzen kannst, haben wir zu jedem Diktat die Punkteanzahl dazugeschrieben, die du dir damit verdienen kannst. Punkte gibt es bei den Diktaten aber nur für die Schwerpunktwörter. Natürlich sollen irgendwann alle Wörter richtig geschrieben werden. Für die Punkte (und Sterne) zählen aber nur die fett geschriebenen Wörter im Diktat.
Und ja, es gibt Sterne. Hast du das Diktat schon einmal gemacht, kannst du einen Stern ausmalen. Hast du (beim ersten, zweiten oder dritten Mal) mehr als die Hälfte der Punkte geschafft, darfst du den zweiten Stern ausmalen. Hast du bei einem Diktat alle Punkte erreicht, kannst du alle drei Sterne ausmalen. Du hast es geschafft! Du kannst dabei jede Übung so oft machen, wie du möchtest. Alle drei Sterne sind nicht leicht zu schaffen. Aber vielleicht gelingt es dir ja mit ein bisschen Übung!
Damit du gleich von Anfang an ein paar Fehler vermeiden kannst, die sehr viele Kinder machen, verraten wir dir schon jetzt drei Tricks. Mit diesen Tipps kannst du selbst ganz leicht herausfinden, ob du ein Wort richtig geschrieben hast:

1. Groß oder klein?

Nomen (Manche sagen auch Substantive dazu.) werden immer großgeschrieben. Du erkennst sie daran, dass sie mit einem Artikel stehen oder du einen davorsetzen könntest.

- **das** Haus, **die** Schule, **die** Angst
- ins Haus (= in **das** Haus), zur Schule (=zu **der** Schule), aus Angst (=aus **der** Angst)

2. „D" ODER „T"? „G" ODER „K"? „B" ODER „P"?

Wenn ein Konsonant wie „d“ oder „t“, „g“ oder „k“, „b“ oder „p“ am Ende des Wortes steht und du dir unsicher bist, welcher es ist, weil sie so ähnlich klingen, dann kannst Du das Wort ganz einfach verlängern. Steht der Konsonant plötzlich in der Mitte, hörst du den Unterschied ganz deutlich!

- Bei Nomen (Substantiven) kannst Du zum Beispiel die Mehrzahl bilden. (Wan**d** → Wän**d**e, Hu**t** → Hü**t**e, Bu**b** → Bu**b**en)
- Bei Verben kannst Du die Grundform bilden. (er ja**g**t → ja**g**en)
- Adjektive kannst Du steigern. (klu**g** → klü**g**er)

3. „Ä" ODER „E", „ÄU" ODER „EU"?

Wenn du dir nicht sicher bist, ob ein Wort mit „e” oder „ä”, geschrieben wird, kannst du nach verwandten Wörtern suchen, von denen das Wort abgeleitet ist. Wenn es ein verwandtes Wort mit „a” gibt, wird es mit „ä” geschrieben. Das gleiche gilt für „eu” und „äu”.

- f**ä**rben (Farbe), z**ä**hlen (Zahl), H**ä**nde (Hand), K**ä**lte (kalt)
- H**äu**ser (Haus), R**äu**ber (Raub)

Wir hoffen, dass du an diesem Buch viel Freude haben wirst! Schau Dir unbedingt auch das Kapitel „Rechtschreibtraining” und „Bonus” an. Dort findest du spannende und lustige Übungen, die dir helfen, deine Rechtschreibung zu verbessern.

Viel Erfolg!

Mitmach Diktate

Es ist wichtig, dass Ihr Kind die deutsche Rechtschreibung und Zeichensetzung lernt, um in der Schule, in allen Fächern, Schularten und Altersklassen, zurecht zu kommen. Auch in anderen Fächern macht es einen guten Eindruck, wenn die Mitschriften in den Heften und die Antworten bei Tests korrekt aufgeschrieben werden. Später, wenn es darum geht, eigene Geschichten zu erfinden, sind Diktate außerdem eine gute Möglichkeit, um die miteinander verbundenen Anforderungen Inhalt, Ausdruck und Rechtschreibung einzeln zu üben. Um Ihrem Kind das Schreiben eigener Aufsätze zu erleichtern, können Sie später wieder auf das gemeinsame Diktate-Üben zurückgreifen. Dann kann Ihnen das Kind zuerst die selbst ausgedachte Geschichte diktieren. Das heißt, das Kind sagt an. Sie schreiben. Ist dabei der Ausdruck mangelhaft, weil zum Beispiel Sätze unvollständig sind oder Inhalte unverständlich, können Sie bereits beim Aufschreiben des „Diktats" nachfragen, ob Sie den Satz so richtig verstanden haben. Beim Wiederholen das Satzes wird Ihr Kind den Ausdruck vermutlich ganz allein richtigstellen. Falls nicht, dürfen Sie ein wenig nachhelfen. Ist der Aufsatz dann auf dem Notizblock fertig, können Sie ihn nun Ihrem Kind diktieren. Und während es die Geschichte Wort für Wort in sein Heft schreibt, kann es sich ganz auf die Rechtschreibung konzentrieren. Besonders Kinder mit Schwierigkeiten in Deutsch sind dankbar für diese Starthilfe.

Die Grundschule ist die perfekte Zeit, um eine sichere Grundlage dafür zu legen.

In der Schule wird das Diktat vor allem dazu genutzt, um die Rechtschreibkenntnisse der Kinder zu überprüfen. Aus Angst, dabei bloßgestellt zu werden, löst schon das Wort „Diktat" bei vielen Kindern (und Eltern) Schweißausbrüche aus. Dieses Buch möchte Eltern und Kindern die Angst vor Diktaten nehmen und jedes Kind optimal auf Diktate in der Schule vorbereiten.

In diesem Buch finden Sie 84 abwechslungsreiche und spannende Texte, die sich als Diktate für die 3. und 4. Klasse eignen. Die Texte sind sorgfältig ausgewählt und können dabei helfen, die Rechtschreibung Ihres Kindes zu verbessern. Sie sind auf die Interessen und den Wortschatz der Altersklasse angepasst. Dieses Buch hilft Ihrem Kind, Gelerntes zu wiederholen und zu festigen. Dabei werden jeweils bestimmte Schwerpunkte gesetzt. Alle Regeln werden noch einmal wiederholt und mit Diktaten in unterschiedlichen Längen geübt. Die Texte sind vielseitig, witzig oder informativ – so kann Lernen auch Spaß machen.

Bevor es losgeht

Ihr Kind braucht einen Zettel/ein Heft und einen Stift. Ansonsten ist es ratsam, eine angenehme und ruhige Atmosphäre zu schaffen. Dazu gehört, dass sich Ihr Kind gut konzentrieren kann und nicht durch Radio, Fernsehen oder Musik abgelenkt wird. Der Tisch, auf dem Sie üben, sollte aufgeräumt sein. Es kann ein Vorteil sein, wenn Sie außerdem eine feste Zeit zum Üben verabreden. So kann sich auch Ihr Kind darauf einstellen und wird nicht beim Spielen davon überrascht. Denn das könnte dazu führen, dass sich Ihr Kind weigert und das führt definitiv nicht zu dem gewünschten Lernerfolg. Vielleicht können Sie auch zusammen mit Ihrem Kind das richtige Diktat oder die richtige Übung aussuchen. Außerdem sollten Sie nur ein Diktat pro Übungseinheit machen, denn sonst ist die Konzentration Ihres Kindes wahrscheinlich schon ausgereizt.

Das richtige Diktat finden

Die Schwerpunkte der Diktate sind denen der 3. und 4. Klasse angepasst. Wenn Sie sich gezielt auf ein Diktat in der Schule vorbereiten wollen, können Sie das Diktat nach dem Schwerpunkt auswählen. In den einzelnen Kapiteln sind jeweils

vier Diktate unterschiedlicher Länge. Die Schwerpunkt- Wörter sind hervorgehoben. Für jedes Diktat kann das Kind Punkte erreichen. Je nachdem wie viele Schwerpunktwörter in dem Diktat geschafft werden können, so viele Punkte können erreicht werden. Das hilft Ihrem Kind zu sehen, was es schon geschafft hat. Und zeigt ihm nicht nur beim Zählen der Fehler, was es noch nicht kann. Für jedes Diktat, das schon geschrieben wurde, gibt es außerdem einen Stern, de das Kind, wenn es möchte, gerne ausmalen kann.
Sind mehr als die Hälfte der Schwerpunktwörter richtig, kann es den zweiten Stern gleich mitausmalen. Sind es noch zu wenige, können Sie das Diktat mit Ihrem Kind gerne an einem anderen Tag wiederholen. Sobald mehr als die Hälfte der Punkte erreicht sind, gibt es den zweiten Stern. Für Profis, die wirklich alle Schwerpunktwörter richtig haben, ist noch ein dritter Stern da. So können Sie Ihr Kind motivieren, denselben Text öfter zu üben und sich die Lektionen wirklich einzuprägen.
Natürlich müssen nicht alle Diktate abgearbeitet werden. Suchen Sie sich einfach zum jeweiligen Rechtschreibschwerpunkt den Text aus, der für Ihr Kind am spannendsten ist. Anhand der Überschriften der einzelnen Texte, bekommen Sie einen Einblick in das Thema des Textes. Sie können auch gern Ihr Kind entscheiden lassen, welcher Text des Kapitels es am meisten anspricht.

Die Diktate sind unterschiedlich lang. Die Anzahl der Wörter gibt Ihnen einen Anhaltspunkt, wie lange Ihr Kind für das Diktat benötigt.

⧗ DAS DIKTAT HAT BIS ZU 65 WÖRTER. ES DAUERT ETWA 10 - 15 MINUTEN.

⧗ ⧗ DAS DIKTAT HAT ZWISCHEN 66 UND 100 WÖRTER. ES DAUERT ETWA 20 - 25 MINUTEN.

⧗ ⧗ ⧗ DAS DIKTAT HAT ÜBER 100 WÖRTER. ES DAUERT LÄNGER ALS 25 MINUTEN.

RICHTIG DIKTIEREN

Wenn Sie ein Diktat ausgewählt haben, können Sie beginnen. Prinzipiell sollten Sie sich bei der Lehrerin oder dem Lehrer Ihres Kindes informieren, wie er oder sie Diktate liest. Für Ihr Kind macht es am meisten Sinn, wenn Sie genauso diktieren, wie in der Schule. Hier noch ein paar allgemeine Tipps:

- *Lesen Sie den ganzen Text einmal vor. Danach kann Ihr Kind inhaltliche Verständnisfragen stellen.*
- *Lesen Sie den ganzen Satz einmal vor. Danach unterteilen Sie ihn gedanklich in Sinnabschnitte und lesen diese nacheinander mit Pausen vor.*
- *Geben Sie Ihrem Kind ausreichend Zeit zum Schreiben.*
- *Lesen Sie den gesamten Text danach noch einmal vor. So können Sie Ihrem Kind noch einmal Zeit geben, um den Text durchzugehen und Fehler auszubessern.*

Es ist wichtig, dass Sie deutlich sprechen. Sie können bei den Diktaten (außer im Kapitel Zeichensetzung) die Satzzeichen mitsprechen.

Das Diktat kontrollieren

Wenn das Diktat geschrieben ist, sollten Sie es auch kontrollieren. Lesen Sie sich den Text sorgfältig durch und unterstreichen Sie die Fehler. Legen Sie ein besonderes Augenmerk auf die Schwerpunkt-Wörter. Um das Diktat zu „bewerten" sehen Sie sich an, wie viele dieser Wörter richtig geschrieben sind. Um Ihr Kind zu bestärken, können Sie die richtig geschriebenen Schwerpunkt Wörter mit einer anderen Farbe unterstreichen. Das gibt Ihnen einen Einblick, wie gut Ihr Kind diese Problematik schon beherrscht. Für jedes richtig geschriebene Schwerpunktwort können Sie einen Punkt vergeben. Hat das Kind das Diktat fertig geschrieben, kann es einen Stern anmalen. Hat es mehr als die Hälfte der Gesamtpunkte erreicht, darf ein zweiter Stern angemalt werden. Sind alle Schwerpunktwörter richtig – das kann auch nach dem zweiten oder dritten Durchgang sein – dürfen alle drei Sterne ausgemalt werden.
Schauen Sie sich aber auch die anderen Fehler an. Daran können Sie erkennen, an welchen Themen Sie mit Ihrem Kind noch arbeiten sollten.
Ein Tipp: Machen Sie die Fehlersuche zu einem gemeinsamen Suchspiel. Lesen Sie sich jeden Satz zuerst allein durch und sagen Sie Ihrem Kind dann, wie viele Fehler sie darin entdeckt haben. Fordern Sie Ihr Kind auf, die Fehler selbst zu finden und freuen Sie sich gemeinsam, wenn es ihm gelingt.

Fehler berichtigen

Schauen Sie sich das Geschriebene zusammen mit Ihrem Kind an. Ihr Kind soll nun jedes falsch geschriebene Wort aufschreiben. Daneben schreibt es einen neuen Satz, in dem das Wort vorkommt. Um diese Übung spannender zu machen, können Sie sie auch als Schönschreibübung mit verschiedenen Farben nutzen, falls Ihrem Kind das Buntschreiben Freude macht. Oder Sie fordern das Kind auf, sich einen besonders lustigen oder unsinnigen Satz auszudenken. Oder das Wort „Hund" oder „Pizza" soll darin vorkommen.

Ihr Kind kann auch Listen mit Wörtern machen, die ihm vorher unbekannt waren. Wenn es Wörter gibt, die Ihrem Kind besonders schwerfallen, können Sie diese auf einem separaten Blatt aufschreiben und sammeln. Danach können Sie sich gemeinsam – auch ohne Stift in der Hand – eine Geschichte ausdenken, in der alle Wörter der Liste vorkommen sollen.

Diktate mal anders

Es gibt auch andere Möglichkeiten, ein Diktat zu üben als auf die „traditionelle" Art und Weise.

Laufdiktat

Als erstes lesen Sie den Text einmal gemeinsam mit Ihrem Kind und besprechen Unklarheiten. Bei einem Laufdiktat liest das Kind selbst den Text. Am besten legen Sie den Text ein paar Meter vom Schreibtisch entfernt hin. Zum Beispiel auf den Küchen- oder Wohnzimmertisch. Dann muss das Kind von seinem Schreibtisch (oder wo das Diktat geschrieben werden soll) zu dem Diktattext laufen. Dort angekommen merkt es sich den ersten Satz, oder die erste Hälfte des Satzes. Ihr Kind läuft nun zurück zum Schreibtisch und schreibt den Satz (oder Satzteile) auf. Danach geht es zurück zu dem Text. Dies geht so lang weiter, bis Ihr Kind den kompletten Text aufgeschrieben hat.

Rufdiktat

Lesen Sie als erstes das Diktat zusammen mit Ihrem Kind genau durch und klären Sie Unklarheiten. Bei einem Rufdiktat befinden Sie sich in einem anderen Zimmer als Ihr Kind. Rufen Sie Ihrem Kind die erste Diktier-Einheit zu. Ihr Kind wiederholt das Gehörte und schreibt es anschließend auf.

Selbstdiktat

Als erstes lesen Sie das Diktat gemeinsam mit Ihrem Kind und klären eventuelle Verständnisprobleme. Danach liest Ihr Kind das Diktat selbst in Diktier-Einheiten und nimmt es mit dem Handy oder einem Diktiergerät auf. Es sollte dabei langsam und deutlich sprechen. Außerdem kann es nach jeder Diktier-Einheit eine längere Pause machen. Dann hört sich Ihr Kind das Diktat an und schreibt es auf. Am Ende kontrollieren Sie das Geschriebene gemeinsam.

Groß- und Kleinschreibung

Nomen (Substantive) werden immer großgeschrieben. Sie bezeichnen Menschen, Tiere, Pflanzen und Dinge, aber auch Gefühle, Gedanken und Vorstellungen. Nomen haben einen Artikel, dieser muss aber nicht immer direkt davorstehen. In einem Text kann er auch fehlen. Fast alle Nomen haben eine Einzahl (Singular, z.B.: „das Kind“) und eine Mehrzahl (Plural, z.B.: „die Kinder“).
Manchmal werden auch Verben (z.B.: „laufen“) und Adjektive (z.B.: „toll“) als Nomen gebraucht, dann haben sie auch einen Artikel und werden großgeschrieben. (z.B.: „Das Laufen hat Spaß gemacht.“ „Das Tolle daran ist die Geschwindigkeit.“)

Der Koffer (114 Wörter/20 Punkte) ⧗ ⧗ ⧗

Lukas ist auf dem **Weg** zur **Schule**, als er einen **Koffer** auf der **Straße** stehen sieht. Er bleibt stehen und schaut sich um, ob jemand zu sehen ist. Er beschließt, am **Nachmittag** wieder zu kommen, und den **Koffer** zu öffnen. Nach der **Schule** steht dieser tatsächlich noch da. Kurzerhand nimmt er den **Koffer** mit. Er findet darin ein paar **Spiele**, **Bücher** und ein **Kissen**. Zum **Schluss** findet er auch noch ein paar **Autos** darin. „Wem mag das wohl gehören?", fragt er sich. Er beschließt, den **Koffer** mit nach **Hause** zu nehmen und am nächsten **Tag** überall **Zettel** aufzuhängen, dass er den **Koffer** gefunden hat. Dann kann sich der **Besitzer** bei ihm melden.

Im Sportunterricht (80 Wörter/16 Punkte) ⧗ ⧗

Im **Sportunterricht** macht vor allem das **Spielen Spaß**. Das **Aufwärmen** finden die meisten **Kinder** langweilig, weil sie endlich loslegen wollen. Das **Rennen** und **Springen** fällt manchen **Kindern** ganz schön schwer. Aber sobald sie mehr üben, klappt es besser. Dann gibt es noch **Kinder**, die das **Werfen** besonders gut können. Das **Einzige**, das wirklich alle **Kinder** toll finden, ist das **Klettern** an der **Kletterwand**. Wenn du mich fragst, sollte jeder versuchen, einen **Sport** zu finden, der ihm **Spaß** macht.

Ein Besuch im Zoo (115 Wörter/26 Punkte) ⧗ ⧗ ⧗

Theo und **Karl** stehen gespannt vor dem **Tigergehege**. Sie schauen der **Mutter** beim **Spielen** mit ihren **Jungen** zu. „Schau mal, **Karl**, der

Kleine hat gerade einen **Purzelbaum** gemacht!", ruft **Theo**. „Das ist ja süß, was macht denn der **Dicke** jetzt?", fragt **Karl**. „Ich weiß nicht, aber schau, da kommt noch ein **Großer**. Das muss der **Vater** sein", sagt **Theo**. Die **Beiden** kommen aus dem **Staunen** nicht heraus, als er sich neben die **Mutter** und ihre **Jungen** legt und einfach einschläft. „Das **Schlafen** neben so einem **Getümmel** muss ganz schön schwierig sein", lacht **Theo**. **Karl** lacht auch und sagt: „Das kenne ich von meinem **Papa**, der schläft sogar beim **Kreischen** einer **Säge**."

REISE NACH BERLIN (117 WÖRTER/28 PUNKTE) ⌛ ⌛ ⌛

Paula und **Fritz** haben mit ihren **Eltern** schon viele **Reisen** gemacht. Aber **heute** fahren sie endlich nach **Berlin**, am **Nachmittag** soll es losgehen. Die **Beiden** hatten schon **gestern Abend** alles eingepackt. Sie freuen sich so sehr. Nach dem **Mittagessen** beginnen sie; das **Auto** zu beladen; und eine **Stunde** später fahren sie los. Am **Abend** sind sie endlich in **Berlin**. Schon die **Fahrt** war so aufregend. Sie haben sogar das **Brandenburger Tor** gesehen. Das letzte **Mal** haben sie so gestaunt, als sie am **Kölner Dom** waren. Mittlerweile ist es fast **Mitternacht** und die **Familie** bezieht ihre **Zimmer**. Auf sie wartet **morgens** ein leckeres Frühstück. **Paula** und **Fritz** können es kaum erwarten, die **Stadt** zu erkunden.

Zeichensetzung

Wörtliche Rede

- *Die wörtliche Rede steht in „Anführungszeichen".*
- *Die wörtliche Rede steht mit einem Begleitsatz.*

Vorangestellter Begleitsatz	Eingeschobener Begleitsatz	Nachgestellter Begleitsatz
Begleitsatz steht vor der wörtlichen Rede und endet mit einem Doppelpunkt.	Begleitsatz wird in die wörtliche Rede eingeschoben und durch Kommas von der wörtlichen Rede getrennt.	Begleitsatz steht nach der wörtlichen Rede und wird durch ein Komma getrennt.
Susi fragt: „Schreiben wir morgen wirklich eine Arbeit?"	*„Schreiben wir morgen wirklich keine Arbeit?", fragt Susi Tom, „Ich war mir so sicher."*	*„Schreiben wir morgen wirklich keine Arbeit?", fragt Susi.*

Am Telefon (122 Wörter/24 Punkte = 3 für jede wörtliche Rede) ⧖ ⧖ ⧖

Jeden Abend ruft Silvia ihren Freund Max an. Sie überlegen sich dann, was sie am nächsten Tag machen sollen. **„Wollen wir morgen ins Schwimmbad gehen?",** fragt Max. Silvia sagt**: „Ach nein, da habe ich keine Lust drauf, lass uns lieber Rollschuhfahren." „Warum willst du immer etwas Anderes als ich machen?",** sagt Max, **„Das nervt mich wirklich."** Silva lacht und sagt**: „Ach, komm schon Max, du magst Schwimmen doch eh nicht. Du willst dir doch nur die Mädchen anschauen." „Ach, Quatsch, was du für einen Mist erzählst",** entgegnet Max. Silvias Mama ruft, dass das Essen fertig ist. **„Na gut, dann gehen wir ins Schwimmbad, ich muss jetzt los",** hetzt Silvia. Max antwortet**: „Super, ich hol dich um neun ab. Bis morgen."**

Ausrufezeichen, Fragezeichen, Doppelpunkt und Punkt

SATZZEICHEN STRUKTURIEREN EINEN TEXT.

- *Das **Ausrufezeichen** verwendet man in Befehls-, Wunsch- und Ausrufesätzen.*
- *Das **Fragezeichen** verwendet man am Ende von Fragen oder alleinstehenden Fragewörtern.*
- *Den **Doppelpunkt** verwendet man vor einer Aufzählung oder einer Erklärung.*

Den **Punkt** verwendet man am Ende einer Aussage und zur Markierung von Abkürzungen.

LASS DAS! (94 WÖRTER/12 PUNKTE) ⌛ ⌛

Ist dir das auch schonmal passiert, dass dich jemand in der Schule ärgert? Bei uns in der Klasse gibt es ein paar Mädchen, die oft gemein sind. Sie heißen: Jenny, Klara und Julia. Was sind das überhaupt für Namen? Meine Mutter hat mir gesagt, dass ich mich nicht ärgern lassen soll. Ich sage dann laut und deutlich: „Lass das!" Beim ersten Mal haben sie sich ganz schön erschreckt und haben tatsächlich aufgehört. Wie reagierst du, wenn dich jemand ärgert? Meine Freundin Johanna sagt immer: „Wenn die dich ärgern, kommst du zu mir!"

Komma bei Hauptsätzen und Nebensätzen

EIN KOMMA TRENNT WÖRTER UND SATZTEILE VONEINANDER. EIN KOMMA KANN AUCH HAUPT- UND NEBENSÄTZE VONEINANDER TRENNEN.

Komma bei Hauptsätzen und Nebensätzen

Hauptsatz	**Nebensatz**
Ein Hauptsatz ist ein eigenständiger Satz. Jeder Hauptsatz hat ein Subjekt und ein Prädikat.	*Ein Nebensatz kann ein Konjunktivsatz sein. Er wird durch eine Konjunktion eingeleitet. (z.B.: weil, wenn, falls, bevor, nachdem, damit, dass, obwohl)* *Ein Nebensatz kann ein Relativsatz sein. Er wird mit einem Relativwort eingeleitet. (z.B.: der, die, das, was, wo)*

TRENNUNG VON 2 HAUPTSÄTZEN DURCH KOMMA

- *2 Hauptsätze werden durch ein Komma getrennt.*
  Z.B.: Ich spiele gern, ich gewinne immer.

Trennung von 2 Hauptsätzen durch Komma und Bindewort (Konjunktion)

- *Mögliche Bindewörter: und, oder, aber, denn, doch, sondern*
- *Vor dem Bindewort steht ein Komma.*
- *Z.B.: Ich spiele gern, denn ich gewinne immer.*
- *Vor und/oder kann man das Komma weglassen.*

Trennung von einem Hauptsatz und einem oder mehreren Nebensätzen

- *Der Hauptsatz wird durch ein Komma vom Nebensatz getrennt.*
- *Nebensätze werden durch ein Komma voneinander getrennt.*
- *Z.B.: Ich spiele gerne die Brettspiele, die ab 4 Jahre sind, denn ich gewinne immer.*

Der Hund sucht ein Zuhause (123 Wörter/10 Punkte)

⌛ ⌛ ⌛

Es war einmal ein kleiner Hund, der hieß Peppa und suchte ein Zuhause, denn seine Familie ist umgezogen. Beim Umzug haben sie ihn einfach zurückgelassen, weil in der neuen Wohnung keine Hunde erlaubt sind. Das ist ganz schön gemein, das macht man einfach nicht. Sie mussten umziehen, nachdem Peppa ein paar Mal zu laut gebellt hatte. Das war natürlich doof, aber doch kein Grund, den armen Hund alleine zu lassen. Als Peppa so durch die Straße zog, sah er einen schönen Garten, und in dem Garten spielte eine Familie mit drei Kindern. Alle hatten so viel Spaß, sodass Peppa direkt dorthin rannte. Es war Liebe auf den ersten Blick. Und seit diesem Tag lebt Peppa bei dieser Familie.

Komma bei Aufzählungen

Bei einer Aufzählung werden die Dinge, die aufgezählt werden, voneinander getrennt. Ein Doppelpunkt leitet eine Aufzählung ein. Kommt in einer Aufzählung ein „und" vor, wird davor kein Komma gesetzt.
Z.B.: *Wir brauchen: Eier, Milch, Brot und Mehl.*

Mein Kindergeburtstag (95 Wörter/11 Punkte) ⌛ ⌛

In einer Woche habe ich Geburtstag und ich darf bei uns zu Hause im Garten feiern. Jetzt mache ich eine Liste, wen ich einladen möchte. Darauf stehen die folgenden Namen: Janina**,** Jochen**,** Ralf**,** Sandra **und** Sarah. Das ist eine ganze Menge, deshalb habe ich auch gleich eine Einkaufsliste für Mama gemacht, damit sie weiß, was sie kaufen muss. Auf der Liste steht: Schokolade**,** Luftballons**,** Kakao**,** Kuchen**,** Luftschlangen **und** natürlich bunte Streusel**.** Ich freue mich schon richtig darauf, den Garten zu schmücken**,** den Tisch zu decken **und** Geschenke zu bekommen. Ich liebe meinen Geburtstag.

"b" oder "p"

Durch eine Verlängerungsprobe kann man herausfinden, ob ein Wort mit „b" oder „p" endet. Am einfachsten geht das, wenn man den Plural (Mehrzahl) eines Wortes bildet. Manchmal, wenn der Buchstabe zum Beispiel am Anfang steht, hilft die Verlängerungsprobe nicht. Dann versuche, das Wort besonders deutlich einmal mit „b" und einmal mit „p" auszusprechen. Was hört sich jetzt richtig an?

Der blaue Planet (98 Wörter/20 Punkte) ⌛ ⌛

Unsere Erde wird auch **blauer Planet** genannt. Wir **leben** in einer Welt voller **Bäume**, Tiere und **Blumen**. Um uns herum sind viele **Farben** und Formen. Der **blaue** Himmel und das **Gelb** der Sonne **lieben** wir im Sommer besonders. Die **Blätter** der **Bäume** **färben** sich im **Herbst.** Im Winter ist alles weiß und mit Schnee **bedeckt**. Der Frühling zeigt uns die größte **Farbenpracht**. **Plötzlich** ändert sich das Wetter und es fühlt sich ein bisschen wie **Urlaub** an. Die ersten warmen Tage des Jahres sind immer ganz **besonders**, wenn aus grau und **braun** endlich wieder **bunt** wird.

Ein Blatt Papier (65 Wörter/17 Punkte) ⌛

Es gibt so viel, was du mit einem **Blatt Papier** machen kannst. **Bemal** es, schneid, es, **kleb** es. Du kannst es als Flugzeug **gebrauchen**. Du kannst es **blau** oder **gelb** anmalen. **Probiere** es mit einem **Pinsel**. Es kann liegen **bleiben** oder fliegen. Du kannst damit **einpacken** oder einen **Brief** drauf **schreiben**. Du kannst auch darauf **stempeln**. Ein **Blatt Papier** ist **besser** als Spielzeug.

Der Pinguin (107 Wörter/22 Punkte) ⌛ ⌛ ⌛

Es war einmal ein **Pinguin**, der **liebte** es, im **blauen** Meer zu **paddeln**. Beim Laufen **humpelte** er leider ein bisschen, trotzdem war er schneller als sein **Bruder**. Sein **Papa** wollte ihn auf eine **Prüfung** stellen. Der **Pinguin** hatte damit kein **Problem**. Er **brauchte** nur zu zeigen, was er alles kann. Mit einem **Bleistift** und **Papier** ging er zu seinem **Papa**. Doch der wollte wissen, wo sein **Bruder** ist. Das wusste der **Pinguin** nicht, denn er war einfach vorgelaufen. Der **Papa** wurde **plötzlich** wütend und schickte den **Pinguin** los, um seinen **Bruder** zu suchen. Kurze Zeit später **stolperten** beide zur Tür herein. Dann haben alle zusammen **gespielt**.

Das Zebra und das Brot (93 Wörter/16 Punkte) ⌛ ⌛

Das kleine **brave Zebra** Susi **liebt Butterbrote**. Susi isst sie zum Frühstück, Mittag und **Abendbrot**. Nur **Plätzchen** und Kuchen mag sie noch lieber. Susi hat schon richtige **Pausbacken**, weil sie so gerne nascht. Sie hat auch einen **Bruder**, der heißt Tom. Er ist **Briefträger** und verteilt Briefe und **Pakete**. Außerdem hat er ein **Brille** und **spielt** gern **Trompete**. Einmal hat er einen **Dieb** gejagt. Der wollte sich gerade aus dem **Staub** machen. Aber Tom hat ihn gefasst. Von der Belohnung konnten Tom und Susi in den **Urlaub** fahren.

"d", "t", "dt", oder "tt"

- *Wenn man unterscheiden muss, ob ein Wort mit „d" oder „t" endet, hilft es den Plural des Wortes zu bilden. (Verlängerungsprobe)*
- *Nach einem kurz gesprochenen Vokal, wird „t" in der Regel verdoppelt (z.B.: die Mitte).*
- *Nach einem Konsonanten wird „t" nicht verdoppelt (z.B.: die Rast)*
- *„dt" ist sehr selten und nur nach kurz gesprochenen Vokal (z.B.: die Stadt, verwandt).*
- *Wörter, die sich wie Stadt anhören, werden nur mit „dt" geschrieben, wenn sie etwas mit der Stadt zu tun haben (z.B.: das Stadttor, der Stadtrat, städtisch). Alle anderen "statt" Laute, werden mit „tt" geschrieben (z.B.: anstatt, statt).*
- *„t" steht nach einem lang gesprochenen Vokal (z.B.: beraten, der Rat, Braten) oder nach einem Konsonanten (z.B.: kalt).*

Mein neues Bett (74 Wörter/14 Punkte) ⌛ ⌛

Mein **altes Bett** war viel zu **hart**. Heute haben wir mein neues **Bett** im **Baumarkt abgeholt**. Wir haben extra ein weißes **gekauft**, jetzt können wir es **bunt** bemalen. Dazu müssen wir nochmal in die **Stadt** fahren, um Farben zu kaufen. Mama hat bis jetzt nur Pinsel **besorgt**. Ich bin richtig **aufgeregt**, denn es ist mein erstes großes **Bett**. Ich freue mich schon auf heute **Nacht**, wenn ich **endlich** darin schlafen kann.

Zuhause ist es schön (108 Wörter/16 Punkte) ⌛ ⌛ ⌛

Rudi **kommt** aus einer **Großstadt**, in der über drei Millionen Einwohner leben. Zudem **lädt** die **Stadt** auch immer wieder tausende Besucher zu sich ein. Rudi ist jetzt 35 Jahr **alt** und **lebt seit** ein paar Jahren auf einem Dorf in der Nähe von Berlin. **Trotzdem** zieht es ihn immer wieder in seine **Heimat**, Berlin. Er fühlt sich in dem **städtischen Getümmel** sehr wohl und liebt es, viele Menschen um sich herum zu haben. Er und seine Frau haben jetzt **selbst** Kinder und möchten sie auf dem Dorf großziehen. **Erst** gestern hat ihm seine **Mutter** ein Paket **gesandt**, gegen das Heimweh. Mit **echten** Berliner Spezialitäten.

In der Werkstatt (100 Wörter/15 Punkte) ⌛ ⌛

Meine **Tante** arbeitet in einer **Autowerkstatt**. Sie ist sogar die Chefin und erklärt ihren Mitarbeitern, wie man richtig Autos **repariert**. Auch mir hat sie schon einiges gezeigt. Wenn ich mal erwachsen bin, möchte ich auch Autos reparieren, damit kann ich mein **Geld** verdienen und ich bin auf **niemanden** angewiesen, wenn mein Auto **kaputt** geht. In der **Mitte** der **Werkstatt** steht ein **richtig altes** Auto. Das können sich die Kunden anschauen, **vielleicht** wird es **ir-**

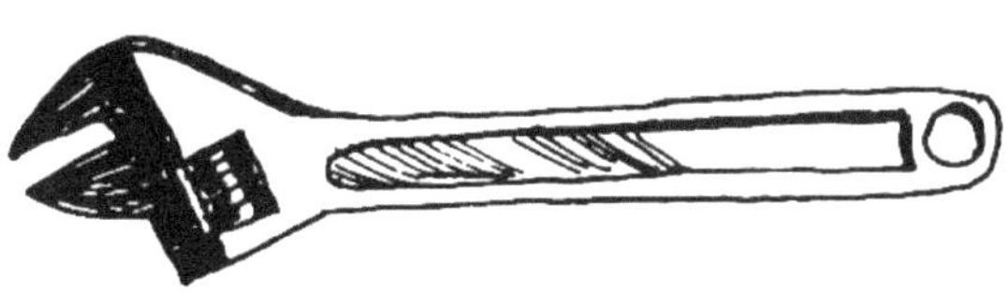

gendwann verkauft. Es ist **violett** mit dunkelblauen Streifen. Es sieht wirklich richtig schick aus. Vielleicht bleibt es auch **dort** und ich kaufe es **irgendwann**.

Im Wald (88 Wörter/19 Punkte) ⌛ ⌛

Ein **Hund** und ein **Buntspecht** trafen sich im **Wald**. Sie waren beide ganz **erstaunt,** einander zu sehen. Schnell war klar, dass die beiden Freunde werden sollten. Gemeinsam waren sie **tagelang** unterwegs. Der **Buntspecht** zeigte dem **Hund** seinen **Wald**. **Bald** wurde der **Hund** aber müde und **hatte Not,** einen Schlafplatz zu finden. Der **Buntspecht** hatte **sofort** eine Idee und zeigte ihm den **beliebtesten** Schlafplatz der Bären. **Dort** würde er sich sicher auch wohl fühlen. Und er hatte **Recht**. Die Höhle am **Waldrand** war schön warm und **gemütlich**.

"ph", "f" oder "v"

- *Bei den meisten „f"-Lauten wird ein „f" geschrieben. (z.B.: das Flugzeug, der Schlaf, der Abflug, die Farbe, das Fohlen, faul, das Foto, das Telefon)*
- *Die Vorsilben „ver-", „vorder-" und „vor-" sind sehr häufig und werden mit „v" geschrieben (z.B.: verlieben, verschenken, verbleiben, die Vorsilbe, vortragen, die Vorderseite, das Vorderhaus)*
- *Es gibt Wörter, die mit „v" geschrieben werden, aber als „f" gesprochen. (z.B.: der Vater, das Vieh, der Vogel, voll, von, vier, viel, die Nerven, die Larve)*
- *Es gibt Fremdwörter, die mit „v" geschrieben werden, aber als "w" gesprochen. (z.B.: die Vase, die Vene, das Virus, die Revolution)*
- *„ph" schreibt man bei einigen Fremdwörtern, die aus der*

griechischen Sprache kommen (z.B.: die Phase, die Philosophie, die Physik, das Alphabet, die Katastrophe))

- *Es gibt Wörter, die kann man mit „ph" oder „f" schreiben. (z.B.: die Geografie/Geographie, das Mikrofon/Mikrophon, der Delfin/Delphin)*

Als sich der Vogel in die Maus verliebte (108 Wörter/12 Punkte) ⌛ ⌛ ⌛

Ein **Vogel** saß auf einem Baum und wunderte sich, was er mit dem Tag noch anfangen sollte. Da kam eine kleine Maus **vorbei** und fragte den **Vogel**, warum er da saß. „Ich weiß nichts Besseres mit mir anzufangen", antwortete der **Vogel**. „Was? Wenn ich **fliegen** könnte, würde ich um die ganze Welt **fliegen**." Der **Vogel** überlegte kurz und **fragte** die Maus, ob sie mit ihm zusammen um die Welt **fliegen** würde. Die Maus war begeistert und stimmte zu. Sie kletterte **vom** Boden ganz schnell auf den Baum **hinauf**, setzte sich auf den Rücken des **Vogels** und dann zogen sie los.

Vier von Fünf (102 Wörter/17 Punkte) ⌛ ⌛ ⌛

Wusstest du, dass **vier** von **fünf Vätern** genauso gerne spielen wie ihre Kinder? Mit **Vätern** kann man **viel** Quatsch machen, mindestens genauso **viel**, wie mit Mamas. Meine Mama hat mal eine **volle Vase** umgeworfen, weil sie unbedingt mit mir **Fußball** im Wohnzimmer spielen wollte. Dann kam Papa zur **Vordertür** herein und konnte kaum glauben, was er sah. Er **fand** das toll und schlug **vor**, dass wir jetzt alle zusammen **Fußball** spielen. Aber **vorher** mussten wir noch schnell den **Fernseher** retten und in den **Flur** stellen. Das war so lustig. Ich hätte nie gedacht, dass meine Eltern so **verrückt** sind.

Kleine Schwester zu verschenken (118 Wörter/12 Punkte)

⌛⌛⌛

Fritz hat eine kleine Schwester bekommen und sie **nervt** ihn schon nach ein paar Tagen. Also überlegt er sich, dass er sie loswerden möchte. Er macht ein **Foto von** ihr und druckt es mit Mamas Drucker aus. Er klebt das **Foto** auf ein Blatt Papier und schreibt darauf: „Kleine Schwester zu **verschenken**. Sie ist **voll** süß und **fast** stubenrein." Darunter schreibt er Mamas **Telefonnummer**. Er muss es nur **schaffen**, schneller als Mama am **Telefon** zu sein. Als er ins Wohnzimmer kommt, sitzt Mama mit seiner Schwester auf dem **Sofa**. Mama sagt: „Du glaubst nicht, was gerade passiert ist. Sie hat Fritz gesagt." Fritz ist glücklich und **wirft** den Zettel ganz schnell in den Müll.

Volle Katastrophe (106 Wörter/16 Punkte) ⌛⌛⌛

Nadine und Marie gehen nach der Schule noch zusammen zu Marie nach Hause. Sie wohnt auf einem **Bauernhof**. Dort gibt es **Schafe**, Kühe und seit letzter Woche sogar ein **Fohlen**. Nadine möchte sich das **Fohlen** unbedingt ansehen, denn sie liebt **Pferde**. Als sie im Stall ankommen, ist das **Fohlen** weg. „Das ist eine **volle Katastrophe**!", weint Marie. Nadine beruhigt sie und schlägt **vor**, dass sie zu ihrer Mutter gehen, und nach dem **Fohlen fragen**. Die Mutter **versteht** die ganze **Aufregung** nicht, denn das **Fohlen** steht mit seiner Mutter auf der Wiese. Die beiden Mädchen **laufen** dorthin und Nadine **verliebt** sich **sofort** in das Tier.

„s“, „ss“ oder „ß“

In der deutschen Sprache unterscheidet man das stimmhafte „s“ und das stimmlose „s“.

Stimmhaftes „s“ = „s“

- *der Klang erinnert an das Summen einer Biene*

Stimmloses „s“ = „ss“ oder „ß“

- *der Klang erinnert an das Zischen einer Schlange*
- *wird der Vokal vor dem stimmlosen „s“ kurz gesprochen, folgt „ss“*
- *wird der Vokal vor dem stimmlosen „s“ lang gesprochen, folgt „ß“*

Bei einsilbigen Wörtern kann man den Plural des Wortes bilden, um herauszufinden, ob man „s“, „ss“ oder „ß“ schreibt.

So ein Stress (105 Wörter/16 Punkte) ⌛ ⌛ ⌛

Leni ist in der fünften **Klasse** und zum **ersten** Mal verliebt, verliebt in Lars. **Gestern** wollte Lars ihr sogar einen **Kuss** geben. Das fand sie eigentlich toll, aber sie war so aufgeregt, **dass** ihre Hände ganz **nass** wurden und sie nur noch weglaufen konnte. Als sie **das** ihrer **besten** Freundin erzählte, sagt die nur: „Mach dir nicht so einen **Stress**, Leni.“ Ja, **das** ist leichter gesagt als getan. Leni mag Lars so sehr, **dass** sie immer aufs Klo **muss**, wenn sie ihn sieht. Leni **weiß**, **dass das** so nicht weitergehen kann. Sie nimmt ihren ganzen Mut zusammen und gibt ihm einen **Kuss**.

Ein Tag im Schwimmbad (105 Wörter/12 Punkte) ⌛ ⌛ ⌛

Es sind Sommerferien und Karl und seine Freunde wollen zusammen ins Schwimmbad fahren. „**Hast** du alles eingepackt?”, fragt Mama. Karls Rucksack ist voll bis oben hin, es sieht **fast** so aus, als würde er **verreisen**. Eine **Badehose**, Taucherbrille und **Schwimmflossen**. Jetzt kann es losgehen. Kaum ist er **draußen**, hört er seinen **Großvater** rufen: „Karl, komm nochmal rein, ich habe noch **was** für dich.” Karl rennt zu seinem Opa und der drückt ihm noch zwei Euro in die Hand. „Dann kannst du dir ein **Eis** kaufen, es ist doch so **heiß draußen**.”, sagt Opa. Karl bedankt sich und läuft **los** zum Schwimmbad.

Auf der grünen Wiese (105 Wörter/19 Punkte) ⌛ ⌛ ⌛

Auf der grünen **Wiese** neben dem **großen Haus** lebt eine kleine **Maus**. Schon am Morgen hört man sie über die **Wiese sausen** und **Essen** suchen. Am liebsten **isst** die kleine **Maus Nüsse**. Es ist aber gar nicht so leicht, **diese** auf der **Wiese** zu finden. **Deshalb** flitzt sie täglich zu dem **Kastanienbaum**. Selbst im Frühling findet sie noch ein paar **Kastanien** vom letzten **Herbst**. Eines **Tages** sieht sie, wie ein paar Kinder unter dem Baum spielen. Sie schleicht sich ganz langsam heran und hat Glück, sie findet eine **Kastanie**. Danach sieht sie den Kindern zu, wie sie einen Drachen steigen **lassen**.

Schlüsselkind (95 Wörter/13 Punkte) ⌛ ⌛

Heute ist für Leo ein **großer** Tag, seine Mutter hat ihm heute Morgen einen eigenen **Schlüssel** gegeben. Er fühlt sich jetzt richtig **groß**, denn ab heute ist er ein **Schlüsselkind**. Er darf jetzt nach der Schule allein nach Hause gehen und **muss** nicht mehr **draußen** auf seinen Bruder warten. „Du darfst den **Schlüssel** auf keinen Fall irgendwo **vergessen**”, sagt seine Mutter. Leo antwortet: „Das **weiß** ich doch, Mama." **Ganz** stolz macht er sich auf den Weg zur Schule und kann es kaum erwarten, **bis** er am Nachmittag das **erste** Mal allein die Tür **aufschließt**.

„g", „k", „ck", „kk" oder „qu"

- *Wenn man unterscheiden muss, ob ein Wort mit „k" oder „g" endet, hilft es den Plural des Wortes zu bilden.*
- *Nach einem kurz gesprochenen Vokal, schreibt man „ck" (z.B.: die Decke, der Wecker, schicken)*
- *Nach Konsonanten wie „l", „n", „r" und „m" steht niemals „ck", sondern „k" (z.B.: der Winkel, der Henkel, der Park, der Imker)*
- *Nach den Zwielauten „ei", „au", „eu" und „äu" steht niemals „ck", sondern „k" (z.B.: der Streik, die Schaukel)*
- *Nach lang gesprochenen Vokalen steht niemals „ck", sondern „k" (z.B.: der Haken, der Ekel, erschrak)*
- *Es gibt Wörter, die muss man sich merken:(z.B.: die Schokolade, der Doktor, die Aktion, der Defekt, der Kontakt, das Prospekt, das Produkt, das Paket, aktiv, aktuell, der Charakter, korrekt, die Technik)*
- *Es gibt ein paar Wörter, die man mit „kk" schreibt.(z.B.: der Akku, das Akkordeon, der Akkusativ, der Brokkoli, Marokko, die Makkaroni, akkurat)*
- *Der Buchstabe Q steht immer in Verbindung mit „u" und klingt wie „kw": das Quadrat, quaken, quälen, die Qual, die Quelle, das Quartett, der Quatsch, quer, der Quark, das Quiz, überqueren, bequem, quietschen,*

In der Weihnachtsbäckerei (96 Wörter/19 Punkte) ⌛ ⌛

Sarah liebt Weihnachten, aber nicht nur wegen den **Geschenken**, sondern auch wegen den **leckeren Keksen**. Sie liebt es, wenn die **Kekse** im **Backofen** sind und das **ganze** Haus so **lecker** duftet. Ihre liebsten **Kekse** sind mit **Schokolade** und **Kokos**, die **schmecken** am besten. Man kann sie auch prima im **Kühlschrank** aufheben, doch meistens bleiben gar nicht so viele **Kekse übrig**. Der Bruder von Sarah **meckert** immer, wenn sie ihm keine **übrig** lässt. Dieses Jahr konnte er **wenigstens** noch den letzten **Keks** essen. Dafür hat er mehr von der **Zuckerwatte** und den **Lebkuchen** genascht.

Zum Frühstück (87 Wörter/12 Punkte) ⌛ ⌛

Ich liebe es, wenn **morgens** der **Wecker klingelt** und ich endlich wieder aufstehen kann. Ich renne dann schnell zum **Frühstückstisch** und freue mich auf die warmen Brötchen. Am liebsten esse ich sie mit **Quark** und frischer **Gurke**. Mein Bruder **streikt** dagegen schon früh. Wenn es nach ihm ginge, würde er erst mittags aufstehen. **Aktuell** isst er am liebsten **Brokkoli**. Das kann ich nun **gar** nicht verstehen. Nur bei einem sind wir uns einig: wenn wir es uns auf dem Sofa **bequem** machen und **Schokolade** essen.

Die Qual der Wahl (114 Wörter/10 Punkte) ⌛ ⌛ ⌛

Mein Bruder und ich können uns nur schwer **einigen**. Egal, ob es darum geht, was wir spielen oder essen. Mein Bruder isst am liebsten **Brokkoli** und ich liebe **Makkaroni**. Deshalb gibt es bei uns auch oft Nudeln mit **Brokkoli** und Käsesoße. Aber nach dem Essen geht es weiter. Spielen wir **Quartett** oder machen wir ein **Quiz**? Da geht es schon wieder drunter und drüber. Unsere Mama sagt, wir sollen einfach mit dem **Quatsch** aufhören, aber das ist einfacher gesagt als getan. Mein Bruder nervt einfach. Selbst Mama **streikt** da manchmal und sagt, dass wir das allein **klären** sollen. Sie macht es sich dann **bequem** und hört einfach nicht mehr zu.

Was soll Susi tun? (107 Wörter/14 Punkte) ⌛ ⌛ ⌛

Susi **beklagt** sich sehr **häufig** über die Schule. Gestern war es ihr zu **langweilig** und heute kommt sie nicht hinterher. Jeden **Tag** ist etwas anderes falsch. Manchmal ist es so **heftig**, dass sie **wirklich** nur am **Meckern** ist. An solchen Tagen **sagt** sie, dass sie nie wieder in die Schule möchte. Dann sucht sie **ewig** nach einem **Grund,** zu Hause zu bleiben. Zum Beispiel **sagt** sie, dass sie Bauchschmerzen oder Halsschmerzen hat. Ihre Mama weiß natürlich, dass sie **lügt** und **schickt** sie in die Schule. Und wenn Susi dann nach Hause kommt ist sie sehr **glücklich**, dass sie doch in der Schule war.

„z” oder „tz”

Nach einem kurzen Vokal schreibt man in der Regel „tz". Nach Konsonanten, Doppelvokalen oder langem Vokal schreibt man „z".

Beim Zahnarzt (107 Wörter/18 Punkte) ⌛ ⌛ ⌛

Letzten Dezember wachte ich einmal auf und hatte große **Schmerzen**. Mein linker **Backenzahn** tat schrecklich weh. Ich rannte sofort zu meiner Mutter und **erzählte** es ihr. Sie rief sofort beim **Zahnarzt** an und machte einen Termin. Schon auf dem **Parkplatz** war mir **ganz** schlecht, denn ich hatte riesige Angst. Die **Ärztin** war aber sehr nett. Sie schaute sich meine **Zähne** an und stellte fest, dass meine **Wurzel entzündet** war. Sie gab mir eine **Spritze** und kümmerte sich um meinen **Zahn**. Nach **zehn** Minuten war sie schon fertig. Danach fühlte ich mich viel besser. Ich war richtig **stolz**. Seitdem **putze** ich meine **Zähne** noch viel gründlicher.

Die Katze mit der Mütze (97 Wörter/15 Punkte) ⌛ ⌛

Maja hat eine kleine **Katze**. Und am liebsten spielt sie mit Majas **Mütze**. Sie **sitzt** auf ihr und **benutzt** sie als **Spielzeug**, Nachts schläft das **Kätzchen** sogar in der **Mütze**. Mit ihren kleinen **Tatzen** wirft sie die **Mütze** in die Luft. Es sieht fast so aus, als würde sie mit ihr **tanzen**. Das Kätzchen hat **ziemlich** scharfe Krallen und **kratzt** auch manchmal. **Trotzdem** ist sie nicht böse, sie will einfach nur spielen. Abends **setzt** sie sich gern zu Maja ins Bett. Die beiden kuscheln dann zusammen. Natürlich darf die **Mütze** nicht fehlen.

Ferienlager (90 Wörter/15 Punkte) ⌛ ⌛

Letzten März bin ich in ein Ferienlager gefahren. Wir waren viel im Wald unterwegs. Wir suchten **Pilze**, **Pflanzen** und **Schätze**. Einmal änderte sich das Wetter so schnell. **Plötzlich** fing es an zu donnern und zu **blitzen**. Es regnete wie aus Eimern. Wir **hetzten** sofort **zurück** ins Ferienlager. Wir waren **ganz** nass und **setzten** uns gleich an die **Heizung**. Wegen einem **Blitz** fiel der Strom aus. Wir stellten eine **Kerze** im **Zimmer** auf. Das war richtig gemütlich. Das Ferienlager war wirklich toll. Nächstes Jahr möchte ich ganz sicher wieder hin.

Der schwarze Prinz (88 Wörter/13 Punkte) ⌛ ⌛

Es war einmal eine **Prinzessin**, die warte auf einen **Prinzen**, an den sie ihr **Herz** verschenken konnte. Eines Tages sah sie ihn, den **schwarzen Prinzen**. Alle nannten ihn so, weil er immer traurig war. Doch als er die **Prinzessin** sah, wurde er fröhlich. Er verliebte sich sofort in sie. Gemeinsam **tanzten** sie und **spazierten** durch die Welt. Sie segelten über die **Ozeane** und sprangen in jede **Pfütze**. Gemeinsam lebten sie glücklich bis an ihr Lebensende. Und aus dem **schwarzen Prinzen** wurde ein **glänzender**, goldener König.

„sp" oder „st"

„SP" HÖRT SICH WIE „SCHP" AN, UND „ST" WIE „SCHT".

MEINE SCHWESTER (106 WÖRTER/10 PUNKTE)

Meine Schwester hat Angst vor Krabbeltieren. Wenn sie eine **Spinne** sieht, fängt sie sofort an zu schreien und **springt** in die Luft. Ich muss dann immer laut lachen. Einmal ist sie direkt in eine **Spinnwebe gestürzt**. Das war ein großer **Spaß** für mich. Meiner Schwester ist das sehr peinlich und sie will nicht mit mir darüber **sprechen**. Ich sage ihr dann, dass sie das positiv sehen soll, denn wenigstens ist sie **sportlich**. Ich habe mir überlegt ihr zu helfen und ich bin **gespannt**, ob ich ihr die Angst nehmen kann. Ich möchte ihr wirklich helfen, deshalb üben wir jetzt jeden Tag **Spinnen** zu **streicheln**.

DIE STERNE (93 WÖRTER/12 PUNKTE)

Marie und ihr Vater lieben es, am Abend in den Himmel zu schauen und **Sterne** zu **bestimmen**. Sie **spazieren** dann **spät** abends über die Felder und versuchen **Sterne**, die sie kennen, wiederzufinden. Es gibt jede Menge **Sternbilder**. Marie kennt sich schon richtig gut aus und sie **spürt**, wie sie jeden Tag neue **Sterne** kennenlernt. Eines nachts haben sie sogar eine **Sternschnuppe abstürzen** sehen. Das war ein tolles Erlebnis. Marie und ihr Vater haben sich beide etwas gewünscht. Marie und ihr Vater **sprechen** auch über den Mond und wie schön der **strahlt**.

SOMMERFERIEN (114 WÖRTER/8 PUNKTE)

Sina ist **stinkig**, denn ihre kleine Schwester hat sich den Arm gebrochen. Alle anderen Kinder gehen bei dieser Hitze ins Schwimmbad. Nur Sina darf nicht gehen, damit sie ihrer Schwester **ständig** Gesellschaft leisten kann. „Das ist gemein! Alle anderen **springen** ins Wasser und ich sitze **ständig** hier zu Hause", schimpft sie.

So hatte sie sich ihre Sommerferien nicht vorgestellt. Sina sitzt in ihrem Zimmer und weint. Dann **stürmt** ihre kleine Schwester zur Tür herein und **springt** zu Sina aufs Bett. „Danke Sina, dass du hier bei mir bleibst. Du bist wirklich die beste große Schwester!”, sagt sie und **strahlt** über beide Ohren. Sina **staunt** und ist froh, dass sie zu Hause geblieben ist.

Spieglein, Spieglein an der Wand (126 Wörter/13 Punkte)

⌛ ⌛ ⌛

Anna und Tom besuchen ihre Großtante, die in einem alten Haus wohnt. Anna und Tom sind sich sicher, dass es dort **spukt**. Dieses Mal wollen sie mutig sein und erkunden das Haus. Sie gehen die **steile** Treppe zum Dachboden hoch. Dort oben ist es **stockdunkel**, es **stinkt** und überall ist **Staub**. Bei der Suche nach einer Lampe, **stolpert** Anna über einen **Stuhl**. Dann entdeckt Tom einen **Spiegel** in der Ecke. Der sieht genauso aus wie aus einem Märchen. Anna lacht und sagt: „**Spieglein**, **Spieglein** an der Wand, wer ist die Schönste im ganzen Land?” Auf einmal **spürt** Tom etwas und ruft: „Schnell weg hier, ich glaube es gibt hier **Gespenster**!” Beide **stürmen** raus und schwören, nie wieder auf den Dachboden zu gehen.

„i” ode „ie”

Wenn der „i”-Laut lang gesprochen wird, schreibt man meist „ie”. Doch auch dabei gibt es Ausnahmen. Am besten lernt man diese auswendig:

der Tiger, die Medizin, das Kino, das Kilo, die Maschine, die Vitamine, das Benzin, die Lawine, die Apfelsine, das Krokodil, die Bibel, der Biber, der Igel

Sieben Tiger (75 Wörter/17 Punkte) ⌛ ⌛

Es waren einmal **sieben Tiger**, die gerne mal ins **Kino** wollten. Doch sie trauten sich nicht allein. Deshalb fragten sie das **Krokodil**, ob es mit ihnen spazieren will. Auf dem Weg zum **Kino** sangen die **sieben Tiger** und das **Krokodil** ein paar schöne **Lieder**. **Lieder** über **Bienen**, **Biber** und die **Liebe**. Als sie ans **Kino** kamen, konnten sie leider nicht rein. Es gibt eine Regel, dass **Tiere** nicht ohne **Klavier** ins **Kino** dürfen.

Der Igel (86 Wörter/16 Punkte) ⌛ ⌛

Im Winter des letzten Jahres fand **Sabine** einen **Igel**. Dieser hatte sich in ihren Keller verirrt. Er muss schon **viele** Wochen dort gewesen sein. **Sabine** machte sich Sorgen, denn **Igel** machen doch Winterschlaf. **Dieser Igel schlief** aber nicht. **Sabine rief** den **Tierarzt** an und er sagte, dass **sie** ihm ein warmes Nest bauen muss. Das war gar nicht so **schwierig**. Sie baute ein Nest aus Tüchern und Watte. **Sabine** fütterte ihn auch und der **Igel**, den sie **Timo** nannte, verbrachte den Winter bei ihr.

Mamas Pralinen (82 Wörter/14 Punkte) ⌛ ⌛

Meine Mama **liebt Pralinen**, am **liebsten** die mit **Marzipan**. Davon isst sie manchmal sogar drei oder **vier**. Das kann sie natürlich machen, aber **Vitamine** haben **Pralinen** nicht. Deshalb isst sie nach jeder **Praline** auch eine **Apfelsine**. So bleibt sie für immer gesund und munter. **Hier** braucht sie nämlich viel Kraft, weil sie **wie** ein fleißiges **Bienchen** arbeitet. Morgens geht sie zur Arbeit und nachmittags **spielt** sie mit mir. Meine Mama ist einfach die Beste. Deshalb schenkt Papa ihr auch **Pralinen**.

Wo ist die Medizin? (78 Wörter/19 Punkte) ⌛ ⌛

Sophie hatte **Fieber**. Sie brauchte ganz dringend **Medizin**. Mama versuchte es mit **Zwiebelwickeln** und **Vitaminen**, doch es half nichts. Mama sagte **Sophie**, dass sie an die frische Luft müssen. Also gingen sie **spazieren** und das tat **Sophie** richtig gut. Sie **liefen** über **vier** grüne **Wiesen** und dann waren sie am **Ziel**. Da stand eine **riesige Ziege**. **Sophie** liebt **Ziegen**. Ihr ging es gleich **viel** besser, denn frische Luft und **Liebe** sind die beste **Medizin**.

„e” oder „ä”

Wörter mit „ä" sind in der Regel Ableitungen von einem Wort mit „a". Wenn es keine verwandten Wörter mit „a" gibt, wird das Wort normalerweise mit „e" geschrieben. Es gibt aber auch Ausnahmen: der Ärger, der Bär, das Gerät, das Gefäß, der Käfer, der Käfig, der Käse, der Lärm, das Känguru, das Märchen, der März, der Schädel, die Träne, der Kapitän, bestätigen, spät, träge, schräg, dämlich, erzählen, einprägen, ähnlich, während, ungefähr

Peter liebt Kuchen (88 Wörter/13 Punkte)

Peter kann seine **Hände** einfach nicht von Kuchen lassen. Deshalb möchte er sogar **Bäcker** werden. Das hat er jetzt auch seiner **eleganten** Mama **erklärt**. Sie sagte, dass er zu Hause **endlos** üben kann. Sie hat ihm auch **erklärt**, wie das **Gerät** funktioniert. Sie nennt es **elektrischen** Ofen. Einmal **jährlich** bekommt seine Mama **Gäste**. Sie hat gesagt, dass er für sie backen kann. An diesem Tag holt sie sogar die **edlen Gläser** und Teller aus dem Schrank. Peter will sich **kräftig** anstrengen, damit es allen schmeckt.

Im März (94 Wörter/15 Punkte)

An einem warmen Tag im **März** wachte ein **Käfer** sehr zeitig auf. Er freute sich über die Sonne, rieb sich die **Hände** und ging los, um ein Abenteuer zu **erleben**. Es war **wärmer** als **gestern** und das fand der **Käfer** toll. Er **träumte** schon **länger** davon zu fliegen und machte sich auf die Suche nach einem **echten** Ast. Er **kämpfte** sich bis ganz nach oben. Von dort konnte er sogar die **Häuser** der Stadt **sehen**. **Später** nahm er seinen ganzen Mut zusammen und sprang **elegant** nach unten. Und plötzlich konnte er fliegen.

Das Märchen vom Bär (87 Wörter/28 Punkte) ⌛ ⌛

Es war einmal ein **Bär**, der **Käse** liebte. Doch er hatte immer dasselbe **Problem**. Woher sollte er den **Käse** bekommen? Als **endlich Jäger** in den Wald kamen, schlich er sich an ihre **Gefäße** und klaute ihre **Käsebrote**. Die **Jäger rätselten**, warum nie die Brote mit Wurst verschwunden waren. **Jährlich** nahmen sie sich vor, dem **Geheimnis** auf die Spur zu gehen. Sie blieben **erfolglos**, denn der **Bär** machte nie **Geräusche**. Es blieb für immer ein **Rätsel**, das sie auch ihren **Enkeln** noch **erzählten**.

Der Kapitän (97 Wörter/22 Punkte) ⌛ ⌛

Es war einmal ein **ehrlicher Kapitän**, der war **ständig** zu **spät** und auch immer ganz **träge**. Außerdem machte er viel **Lärm** um nichts, war laut und machte oft **Ärger**. Aber eine Sache **empörte** ihn. Wenn er an gejagte **Häschen** dachte, vergoss er **täglich** eine **Träne**. Es lebten auch **unzählige Häschen** auf seinem Schiff. Die hatte er alle vor den **Jägern gerettet**. Je **älter** er wurde, umso mehr **Häschen** kamen auf sein Schiff. Er konnte gar nicht mehr alle **zählen**. Das sorgte für viel **Gelächter**. Ein so harter Pirat mit einer **ewigen Schwäche** für **Häschen**.

Verdopplung von Vokalen

ES GIBT EINIGE WÖRTER MIT DOPPELTEN VOKALEN (A, E, O). AM BESTEN LERNT MAN DIESE WÖRTER AUSWENDIG.

- ***"aa":*** *der Aal, das Haar, das Paar, der Saal, die Saat, der Staat, die Waage*
- ***"ee":*** *die Armee, die Beere, das Beet, die Fee, das Gelee, das Heer, die Idee, der Kaffee, der Klee, leer, das Meer, der Schnee, der See, die Seele, der Speer, der Tee, der Teer, der Porree, das Püree*
- ***"oo":*** *das Boot, doof, das Moor, das Moos, der Pool, das Shampoo, der Zoo*

EIN TAG IM ZOO (119 WÖRTER/5 PUNKTE) ⌛ ⌛ ⌛

Theo macht heute mit seiner Klasse einen Ausflug in den **Zoo**. Und er will sich unbedingt die Tiger anschauen. Theo liebt Tiger und kann es kaum erwarten, sie zu sehen. In dem **Zoo** gibt es **Schneetiger**, die sind weiß mit schwarzen Streifen. Sowas hat Theo ja noch nie gesehen, er findet es toll. In dem Gehege sind ein Weibchen und ein Männchen. Die beiden sind ein **Paar** und sollen eine Familie gründen. Sie haben sogar einen eigenen kleinen **Pool**, denn Tiger lieben das Wasser. Die anderen Kinder wollen schon weiter gehen, doch Theo möchte so gern noch die Tiger beobachten. Er macht noch schnell ein Bild, bevor es weitergeht. Diesen Tag wird er nie vergessen.

Die Fee im Beet (105 Wörter/8 Punkte) ⌛ ⌛ ⌛

Als Hans mit seiner Mutter die **Beete** für den Frühling bepflanzt, sieht er eine kleine **Fee** zwischen den Tomaten sitzen. „Wer bist du denn, und was machst du hier?", fragt die **Fee** Hans. „Was ich hier mache? Das ist mein Garten!", sagt Hans und fragt: „Was machst du hier?" Die **Fee** erklärt, dass sie hier wohnt, weil ihr das **Moos** immer zu nass war. Nun sitzt sie hier im **Beet**, zwischen den Tomaten und **Beeren** und wartet darauf, dass der Frühling kommt. Sie hat den ganzen Winter hier im **Schnee** gewartet und kann es kaum erwarten, bis die Sonne wieder scheint.

Urlaub am Meer (105 Wörter/7 Punkte) ⌛ ⌛ ⌛

Letzten Herbst sind wir mit der ganzen Familie für ein **paar** Tage ans **Meer** gefahren. Es war mein erster Urlaub am **Meer** und ich fand es toll. Es war sogar noch so warm, dass wir im **Meer** baden konnten. Mama meinte nur, dass ich meine **Haare** auf keinen Fall nass machen soll, damit ich mich nicht erkälte. Papa hatte dann die super **Idee**, dass wir Muscheln sammeln könnten. Wir haben bestimmt vierzig Muscheln gefunden, am liebsten hätte ich alle mitgenommen. Papa meinte aber, dass wir den anderen Leuten auch noch welche übrig lassen sollen. Also haben wir den Strand nicht **leer** gesucht.

Tee trinken und abwarten (114 Wörter/9 Punkte) ⌛ ⌛ ⌛

Oma Margot rief ihren Enkel Ralf an und fragte ihn, ob er mal bei ihr vorbeikommen könnte. Ralf freute sich und machte sich direkt auf den Weg. „Hallo mein Lieber", sagte Oma, „willst du einen **Tee**?" Er freute sich und fragte nach einem **Erdbeertee**. Oma erzählte Ralf, dass sie das alte **Boot** von Opa im Schuppen gefunden hatte und schlug vor, mal einen Ausflug auf dem **See** zu machen. „Oma, das ist eine tolle **Idee**!", rief Ralf. Am liebsten wollte er direkt los, aber Oma musste erst noch ihre **Kaffeetasse leer** trinken. Und dann liefen die beiden in den Schuppen und holten das **Boot**. Danach gingen sie direkt zum **See**.

Verdopplung von Konsonanten

Es gibt vier Regeln:

1. *Nach einem kurz gesprochenen Vokal steht in der Regel ein doppelter Konsonant*
   z.B.: hoffen, lassen, küssen
2. *Nach einem lang gesprochenen Vokal, steht in der Regel ein einfacher Konsonant*
   z.B.: der Hase, die Schere, rufen
3. *Als verdoppelte Konsonanten gelten nicht nur "bb", "dd", "ll", "mm", "nn", "ss", "tt", sondern auch "ck", "tz", "pf", "ch"*
   z.B.: hacken, die Zicke, die Katze
4. *Wenn ein Wort auf "-in", "-as", "-is", "-os" oder "-us" endet, wird im Plural der Konsonant am Ende verdoppelt*
   z.B.: das Hindernis- die Hindernisse, die Köchin- die Köchinnen

Der Piratenopa (108 Wörter/23 Punkte) ⌛ ⌛ ⌛

Der **flotte Otto** ist ein alter Pirat, der **immer** noch auf hoher See unterwegs ist. Auch **wenn** er nicht mehr ganz so fit auf den Beinen ist, möchte er noch nicht in den Ruhestand gehen. Doch auf eines **kann** er auf dem **Schiff** nicht verzichten: ein ordentliches **Bett** und ein weiches **Kissen**. Er **hasst** es, **wenn** er nachts nicht schlafen **kann**, und das **bekommt dann** auch der Rest der Piraten zu spüren. Deshalb versuchen die Piraten auch **immer alles**, damit es dem **flotten Otto** gut geht und niemand leiden **muss**. Schon **wenn Otto** morgens sein **Zimmer verlässt**, sieht man an seinem Gesicht, ob es **geklappt** hat.

Angst vor Spinnen (99 Wörter/17 Punkte) ⌛ ⌛

Meine Schwester hat schon **immer** Angst vor **Spinnen**. Einmal kam ich von der Schule nach Hause und meine Schwester **rannte** durch ihr **Zimmer**. Und nur, weil sie ein **Spinnennetz** gesehen hat. Sie schrie so laut, **dass** ich es schon von draußen hören **konnte**. Sie **wollte**, **dass** ich das Netz weg mache. Als ich es mir anschaute, sah ich, **dass** darin noch eine kleine Fliege **zappelte**. Ich **rettete** erst einmal die Fliege und **dann** meine Schwester, bevor sie von der **Spinne gefressen** wurde. Meine Schwester fand den Witz nicht so lustig, trotzdem ging es ihr **dann besser**.

Ein Sonntag am See (116 Wörter/18 Punkte) ⌛ ⌛ ⌛

Sabrina und Ralf **wollen** den **Sonntag** am See verbringen. Als sie am See **ankommen**, sehen sie ein rotes **Gummiboot** und einen **Mann**, der es gerade aus dem **Wasser** ziehen will. Er sieht wie **gespannt** die beiden schauen und fragt, ob die beiden eine Runde auf dem See damit fahren **wollen**. „Ja, das wäre super, danke“, sagt Sabrina. Ralf fragt den **Mann**, ob das Boot **vielleicht** untergehen **kann**. Der **Mann nimmt** Ralf die Angst und erzählt ihm, wie sie letzten **Sonntag** mit der ganzen Familie in dem Boot über den See gefahren sind. Sabrina und Ralf steigen in das Boot und fangen an zu **paddeln**. Diesen **Sonntag** werden sie so **schnell** nicht **vergessen**.

Ein schöner Sommerabend (83 Wörter/19 Punkte) ⌛ ⌛

In unserer Familie gibt es die Tradition, **dass** wir am letzten Tag der **Sommerferien alle zusammen grillen**. Meine Eltern, Geschwister und sogar Oma und Opa sitzen im Garten. Natürlich **müssen** wir **immer hoffen**, **dass** das **Wetter** auch gut ist. In den letzten Jahren **hatten** wir **immer Glück**. Am schönsten ist es, wenn die **Grillen** zirpen und sich der **Himmel** rot färbt. **Dann** ist das Licht besonders schön, die Luft riecht nach **Sommer** und **Sonne** und die Würste **schmecken** besonders gut.

Diphthong - Laute

Diphthong Laut oder Zwielaut

Ein Zwielaut ist ein Doppellaut, der aus zwei unterschiedlichen Vokalen (a, e, i, o, u, ä) besteht. Beim Sprechen verbindet man die beiden Vokale. In der deutschen Sprache sind vor allem „au“, „ei“, „ai“, „eu“, „äu“ und „ui“ üblich.

Z.B.: das Haus, das Bein, der Hai, die Eule, der Mais, pfui, das Feuer

Die Verbindung der Vokale „ie” zählt nicht zu den Zwielauten, da kein neuer Laut entsteht, sondern das „i” nur verlängert wird.

Wovon Kinder träumen (92 Wörter/23 Punkte) ⌛ ⌛

Wenn man Kinder fragt, wovon sie **träumen**, kann das die Erwachsenen ganz schön zum **Staunen** bringen. Sie **träumen** von **Bäumen**, die höher sind als **Hochhäuser** und **auf** die man bis zum Himmel klettern kann. Sie **träumen** von **Erdbeereis**, das niemals leer wird und von **Haien**, die springen können, wie Delfine. Kinder **träumen** von **Maisfeldern**, durch die man wie in **einem** Labyrinth flitzen kann. **Kinderträume** lassen **auch** Erwachsene **neu aufs** Leben blicken. Wenn es **gleich Zeit** ist, ins Bett zu gehen, **freuen** sich Kinder **auf eine** Nacht voller **neuer Abenteuer**.

Der Monat Mai (95 Wörter/17 Punkte) ⌛ ⌛

Im Monat **Mai** kann man die Welt jedes Jahr **neu** entdecken. Am schönsten ist es, sich abends an **einem Feuer** die Hände zu wärmen. Die **Bäume** und **Sträucher** erstrahlen wieder in ihrer vollen Pracht. Die Kinder füllen sich ihre **Bäuche** mit Obst, das sie selbst gepflückt haben. Im Monat **Mai** kann man an den **Teichen** spazieren gehen und **kleine Steine** ins Wasser werfen. Der **Mai** ist auch **mein** Lieblingsmonat. Ich **freue** mich das ganze Jahr **darauf**. Manchmal gehen wir in den Garten **meiner** Oma und sammeln **Maikäfer**. Die finde ich besonders süß.

Die Eule auf dem Dach (108 Wörter/19 Punkte) ⌛ ⌛ ⌛

Lange konnte ich nachts nicht schlafen. Mich hielt ein komisches **Geräusch** wach. Gestern stellte ich dann fest, dass es **eine Eule** ist, die da **auf** dem **Hausdach** sitzt. **Auch** wenn ich das jetzt **weiß**, kann ich noch nicht schlafen, denn nun beobachte ich die **Eule** jede Nacht. **Heute** hat sie sogar eine **Maus** gefangen. Ich **glaube,** die **Eule** stört unseren Nachbarn, denn der warf **heute Steine auf** sie. Ich habe ihn dann abgelenkt, sodass die **Eule** schnell wegfliegen konnte. Ich finde es gar nicht schlimm, dass ich nicht schlafen kann. Denn jetzt habe ich **Zeit,** ein **kleines** bisschen mehr über **Eulen** zu lernen.

DER WETTKAMPF (96 WÖRTER/16 PUNKTE) ⌛ ⌛

Neulich fanden bei Petra in der Schule **Wettläufe** statt. Petra **freute** sich schon sehr, denn **meistens** gewinnt sie **einen** Pokal. **Leider** hat sie sich vorher ihr **Bein** verletzt. So schnell platzte ihr **Traum, einen** Pokal zu gewinnen. Das ist schade, denn sie hatte **eifrig** geübt, bis sie über den **Stein** gestolpert ist und ihr **Bein** verletzte. Die Lehrerin hat ihr angeboten, dass sie **bei** den **Vorbereitungen** helfen kann und die Pokale **verteilt**. Das findet Petra auch ganz toll. Sie **freut** sich jetzt trotzdem auf den Tag und nächstes Jahr kann sie sicher wieder mitmachen.

Dehnungs - h

- *Ein Dehnungs-„h" kommt nur vor den Konsonanten „l", „m", „n" und „r" (z.B.: der Fehler, nehmen, der Hahn, das Fahrrad)*
- *Wörter, die mit „q", „sch", „sp" oder „t" beginnen, haben kein Dehnungs- „h" (z.B.: die Qual, das Schaf, spät, das Tal, die Träne, der Ton, die Schule, schön)*
- *Ein Dehnungs- „h" nach einem "i" kommt nur in folgenden Pronomen vor: ihm, ihn, ihr, ihnen, ihren, ihre, ihrer*

KANN DAS WIRKLICH SEIN? (117 WÖRTER/17 PUNKTE) ⌛ ⌛ ⌛

Gestern hat mir meine Freundin eine Geschichte **erzählt**, aber ich glaube nicht, dass sie **wahr** ist. Sie sagte, dass sich **ihre Uhr** von allein eine Stunde vorgestellt hätte. Wie sollte das denn gehen? Ich **fühlte** mich ein bisschen veralbert von **ihr**. Also schlug ich vor, es der **Lehrerin** zu **erzählen**. Meine Freundin **erzählte ihre** Geschichte und die **Lehrerin** fing an zu lachen. Wir schauten uns an und wussten nicht **mehr**, was los ist. Unsere **Lehrerin** sagte: „Das kann schon sein, denn letzte Nacht haben wir alle unsere **Uhren** auf Sommerzeit umgestellt. Und deine **Uhr** hat das **wohl** automatisch gemacht." Wir fingen alle an zu lachen und wissen nun für das nächste **Jahr** Bescheid.

Im Sommer (93 Wörter/12 Punkte) ⌛ ⌛

Im Sommer **strahlt** die Sonne an manchen Tagen **sehr** heiß. Viele Kinder und Familien gehen dann in ein Freibad, um sich **abzukühlen**. Das **Gefühl** des Sommers ist **mehr** als **schön**. Man kann den ganzen Tag draußen sein und sich an der frischen Luft bewegen. In der Nacht wird es meist ein wenig **kühler**. Das ist auch **schön**, dann kann man besser schlafen und **fühlt** sich **wohler**. Leider ist der Sommer zu schnell vorbei, die Tage sind schnell **gezählt**. Doch nach dem Sommer kommt der **wunderschöne** Herbst mit all seinen bunten Farben.

Im Supermarkt (99 Wörter/11 Punkte) ⌛ ⌛

Im Supermarkt kann man **sehr** viele tolle Dinge kaufen. Heute stehen Eier, **Mehl**, Zucker und Milch auf dem Zettel. Wir wollen heute Pfannkuchen machen. Die schmecken besonders gut mit Marmelade. Manchmal kann mich meine Mama in den Supermarkt **mitnehmen**, dann freue ich mich **sehr**. Ich darf dann immer den Einkaufszettel vorlesen und **zählen**, ob wir alles eingepackt haben. Dann **fühle** ich mich **schon sehr** groß, weil sie mir vertraut. Außerdem kann ich **ihr** so ein bisschen Arbeit **abnehmen**. Wenn Mama und ich im Supermarkt sind, habe ich auch viel Zeit, um **ihr** von meinem Tag zu **erzählen**.

Auf dem Bauernhof (94 Wörter/16 Punkte) ⌛ ⌛

Kim **fährt** in den Ferien oft zu **ihrer** Oma auf den Bauernhof. Besonders freut sie sich, wenn sie **ihre Lieblingskuh** Isolde **sieht**. Sie ist manchmal den ganzen Tag bei **ihr** im Stall. Kim **fühlt** sich dort am **wohlsten**. Neben dem **Kuhstall** ist ein großes Feld. Dort kann Kim manchmal echte **Rehe** sehen. Es gibt Tage, da kommen sie ganz **nah** an den Bauernhof heran. Vor allem wenn Kim schon ganz **früh** in den Stall **geht**, hört sie den **Hahn** krähen. Nach den Ferien **erzählt** Kim **ihren** Freunden von **ihrer** Oma und Isolde.

„-ig", „-isch" und „-lich"

Die Endungen „-ig", „-isch" und „-lich" klingen gesprochen oft sehr ähnlich. Um herauszufinden, welche Endung ein Wort hat, kann man das Wort verlängern. Dadurch kann man besser erkennen, mit welcher der Endungen ein Wort geschrieben wird. Adjektive kann man zum Beispiel steigern. (z.B.: gruselig, gruseliger) Bei der ersten Steigerungsform kann man oft die Endung einfacher hören.

Meine kleinen Hasen (77 Wörter/10 Punkte) ⌛ ⌛

Meine Eltern haben mir **endlich** meinen größten Wunsch erfüllt. Ich habe zwei kleine Häschen bekommen. Und sie sind so **niedlich**. Jetzt habe ich aber auch eine Menge Arbeit, denn ich muss den **Käfig regelmäßig richtig** sauber machen. Es ist **wichtig**, dass ich das **überschüssige** Streu **gründlich** entsorge, sonst werden die Häschen krank. Das kann **lebensbedrohlich** für sie sein. Die beiden heißen Emma und Susi und ich bin froh, dass sie **endlich** bei mir sind.

Der Wetterbericht (90 Wörter/9 Punkte) ⌛ ⌛

Heute früh hörte Paul den Wetterbericht im Radio und es hörte sich **wirklich** nicht so toll an. Es soll **stürmisch** und **regnerisch** werden. Gerade heute passt das Paul gar nicht, denn er wollte nach der Schule draußen spielen gehen. Er hatte sich schon **richtig** darauf gefreut. Er spielt **regelmäßig** mit seinen Freunden draußen, **eigentlich** sogar fast **täglich**. **Schließlich** ist es ja auch gesund, sich an der frischen Luft zu bewegen. Paul bleibt **zuversichtlich** und er hat Recht. Als die Schule vorbei ist, kommt auch die Sonne wieder raus.

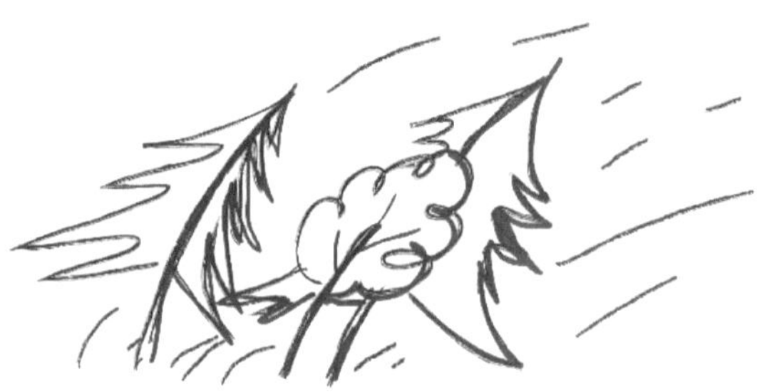

Der Zauberer (98 Wörter/ 9 Punkte) ⌛ ⌛

Zu ihrem dritten Geburtstag hat sich Sandra einen Zauberer für ihre Feier gewünscht. Als der Zauberer beginnt, kann es Sandra kaum mehr erwarten. Es ist einfach **unglaublich**. Am Anfang zieht er **vorsichtig** eine Taube aus seinem Hut. Dann fragt er nach einem Freiwilligen. Sandras Bruder Jakob ist **mutig** und er meldet sich **freiwillig**. Er soll jetzt einen Becher mit Wasser halten. Es ist sehr **lustig**, weil er so aufgeregt ist und ein **wenig** zittert. Alle Kinder schauen **ungläubig**, als **plötzlich** eine Maus aus dem Becher schaut. „Das ist wirklich **erstaunlich**.", denkt sich Sandra und klatscht laut.

Obst und Gemüse (107 Wörter/11 Punkte) ⌛ ⌛ ⌛

Heute hat mir Mama erlaubt, das erste Mal allein auf den Markt zu gehen, um Obst und Gemüse zu kaufen. Am Anfang war ich ein bisschen **ängstlich**, aber jetzt fühle ich mich **richtig mutig**. Ich habe mit Mama einen **erstaunlich** langen Einkaufszettel geschrieben. Ich habe Glück, es sind nur **wenige** Menschen auf dem Markt. Ich schaue mir das Gemüse genau an. Mama hat gesagt, dass die Möhren schön **knackig** und die Äpfel schön **saftig** sein sollen. Ich frage die Verkäuferin, ob die Tomaten süß oder **säuerlich** sind. Ich kaufe alles und flitze **unheimlich freudig** nach Hause. Mama und Papa sind **ordentlich** stolz auf mich.

Zahlwörter

- *Es gibt **Grundzahlwörter** (z.B.: eins, fünfzig, dreihundert), **Ordnungszahlwörter** (z.B.: der Dritte, die Zwanzigste), **Wiederholungszahlwörter** (z.B.: viermal, siebzigmal) und **Bruchzahlwörter** (z.B.: ein Drittel, ein Zehntel)*
- *Verwendet man Zahlwörter als Nomen, werden sie groß geschrieben (z.B.: als Zweites, die Drei)*

- *Verwendet man Zahlwörter als Adjektive oder Adverbien, werden sie klein geschrieben (z.B.: vier Kinder, der erste Sieg oder zweitens, dreimal)*
- *Alle Zahlen, die kleiner als eine Million sind, werden klein und zusammen geschrieben (z.B. einhundertachtundzwanzig)*
- *Die Zahlen Million, Milliarde, Billion usw. werden groß geschrieben*
- *Angaben der Uhrzeit werden klein geschrieben (z.B.: halb sieben, um drei)*

Der neunte Stock (94 Wörter/10 Punkte) ⌛ ⌛

Karl wohnt in einem Hochhaus, das insgesamt **dreizehn** Stockwerke hat. Jeden Morgen um halb **sieben**, klingelt der Wecker von Frau Müller aus dem **dritten** Stock so laut, dass sogar Karl im **fünften** Stock wach wird. Aber auch Familie Schulze und ihre **fünf** Kinder werden davon geweckt. Insgesamt wohnen etwa **zweihundertfünfzig** Menschen in dem Haus. Man müsste an **dreiundsechzig** Türen klingeln, um alle Leute zu treffen. Karl und sein bester Freund Tim aus dem **sechsten** Stock machen manchmal ein Wettrennen, wer morgens eher unten ist. Tim ist meistens **Erster** und Karl **Zweiter**.

Die Dinosaurier (89 Wörter/7 Punkte) ⌛ ⌛

Die Dinosaurier lebten vor vielen **Millionen** Jahren. Die echten Dinosaurier sind leider ausgestorben, aber die Reptilien erinnern heute noch an die Giganten, die die Erde als **erstes** besiedelten. Während diesen **Millionen** von Jahren haben sich **tausende** von Tieren entwickelt. Sie haben alle dieselben Vorfahren, die Dinosaurier. Heute kann man sich nur schlecht vorstellen wie die Welt vor **einer Milliarde** Jahren aussah, aber es gibt viele Bücher, die uns das zeigen können. Auch wenn viele **Hunderte** von Dinosaurierknochen gefunden wurden, weiß bis heute niemand, welche Farben die Dinos hatten.

IN DER SCHULE (108 WÖRTER/6 PUNKTE) ⌛ ⌛ ⌛

Die **Drei** in Mathe hat Steffi wirklich geschockt, denn normalerweise hat sie immer eine **Eins**. Sie fragt sich, was diesmal schief gegangen war. Halb **drei**, also nach der Schule, traf sie ihre Lehrerin und fragte sie: „Warum habe ich diesmal nur eine **Drei** bekommen?" Die Lehrerin antwortete ihr, dass sie vergessen hat, die Rückseite des Blattes auszufüllen. „Was? Das ist ja richtig doof von mir", sagte Steffi. Die Lehrerin beruhigte sie: „Ach Steffi, mach dir keine Sorgen. Ich bin mir sicher, dass du in der nächsten Kontrolle wieder eine **Eins** hast." Steffi stimmte zu und war sich sicher, dass ihr das kein **zweites** Mal passiert.

MIA UND IHRE SIEBEN KINDER (104 WÖRTER/8 PUNKTE) ⌛ ⌛ ⌛

Als Jana **dreiviertel vier** nach Hause kam, waren Mama und Papa schon ganz aufgeregt. „Jana, komm schnell!", rief Mama. Jana wusste gar nicht, was los ist. Mama rief nochmal, dass Mia, ihre Katze, endlich Junge bekommt. Schnell rannte Jana ihrer Mama hinterher. Das **erste** Baby war schon da. Leise setzten sie sich mit ein bisschen Abstand auf den Boden und schauten Mia zu. Das **zweite** Baby ließ nicht lange auf sich warten. Es folgten Nummer **drei** und **vier**. Sowas Tolles hatte Jana noch nie gesehen. Mittlerweile war es schon kurz vor **sechs**, als das **fünfte** Kätzchen zur Welt kam.

Fremdwörter

Bei Fremdwörtern werden die Laute oft anders geschrieben, als man sie hört. Deshalb ist es wichtig, dass man sich diese Wörter gut merkt. Fremdwörter stammen aus anderen Sprachen. Hier ein paar Beispiele:

die Alternative	*Die Cousine*	*Der Laptop*	*Das Smartphone*
der Amateur	*Der Cowboy*	*Die Methode*	*Die Spaghetti*
die Apotheke	*einche-cken*	*negativ*	*der Star*
die Apps	*die E-Mail*	*Das Niveau*	*surfen*
das Baby	*fair*	*Das Notebook*	*das System*
das Baguette	*der Fan*	*die Party*	*das Tablet*
die Blamage	*die Fitness*	*Die Pension*	*das Team*

chatten	*das Genie*	*das Port- monee*	*Der Teenager*
die Chips	*gestylt*	*positiv*	*das T-Shirt*
clever	*Das Haarspray*	*Der Pullover*	*der Toast*
der Clown	*das Handy*	*Der Pyjama*	*Das Training*
der Computer	*das Hobby*	*das Res- taurant*	*das Trikot*
cool	*die Jeans*	*die Show*	
der Cousin	*der Jog- ginganzug*	*Das Skate- board*	

Heutzutage (65 Wörter/9 Punkte) ⌛

Viele Jugendliche wachsen heute mit Medien auf. Vielleicht haben sie sogar schon selbst einen **Laptop** oder ein **Tablet**. Damit können sie im Internet **surfen** oder **E-Mails** schreiben und bekommen. Immer mehr Jugendliche haben schon ein **Smartphone**. Das ist eine Art **Handy**, aber mit viel mehr Funktionen. Auf dem **Smartphone** befinden sich **Apps**. Das können Spiele oder Nachrichtendienste sein, so können die Jugendlichen miteinander **chatten**.

Was soll ich nur anziehen? (98 Wörter/8 Punkte) ⌛ ⌛

Jeden Morgen dasselbe Problem: Was soll ich nur anziehen? Ich stehe vor meinem Kleiderschrank und kann mich nicht entscheiden. Wie ist das Wetter? Soll ich einen Rock oder **Jeans** anziehen? Man hat es echt nicht leicht als **Teenager**. Ich entscheide mich für **Jeans** und ein **T-Shirt**. Das sieht **cool** aus. Darüber ziehe ich einen grünen **Pullover**. Jetzt schnell raus aus der **Jogginghose** und dem **Trikot** meines Bruders und dann bin ich in fünf Minuten top **gestylt**. Für heute habe ich es geschafft und schon weiß ich, dass ich morgen dasselbe Problem haben werde.

Daniel ist ein Fan (102 Wörter/10 Punkte) ⌛ ⌛ ⌛

Daniel liebt Musik und ist ein großer **Fan** der **Band** „Silbermond". Dieses Jahr darf er endlich die erste **Show** besuchen und kann es kaum erwarten. Das Konzert ist am Freitag, dafür lässt er sogar sein **Fitness-Training** ausfallen. Das macht er sonst nie. Daniel träumt davon, selbst mal ein so großer **Star** zu werden, obwohl er nicht singen kann. Dafür ist er richtig gut auf dem **Skateboard**. Er trainiert sehr hart, um irgendwann professioneller **Skateboarder** zu werden. Vor dem Konzert werden wir alle in ein **Restaurant** gehen und vielleicht feiern wir sogar eine kleine **Party** mit Musik von „Silbermond".

MEINE COUSINE (101 WÖRTER/12 PUNKTE) ⌛ ⌛ ⌛

Meiner **Cousine** passieren ständig verrückte und lustige Dinge. Letzte Woche hat sie verschlafen und ist im **Pyjama** in die Schule gegangen. Einen anderen Tag hatte sie **Chips** und **Spaghetti** zum Abendbrot und schlief ganz kurz auf dem Teller ein. Dann klingelte die Nachbarin und meine **Cousine** öffnete ihr die Tür mit **Chips** und **Spaghetti** im Haar. Jedes Mal, wenn ich sie treffe, erzählt sie mir eine neue lustige Geschichte von einer **Blamage**. Einmal hat sie das **Haarspray** mit dem **Raumspray** verwechselt und musste dann mit stark riechenden Haaren zum **Training**. Zum Glück kann meine **Cousine** über sich selbst lachen.

„das" oder „dass"

1. ***„das"*** *ist ein Artikel.*
2. ***„das"*** *bezieht sich auf ein Substantiv im Hauptsatz und leitet einen Nebensatz ein.*
3. ***„das"*** *kann durch „dieses", „jenes" oder „welches" ersetzt werden.*
4. ***„dass"*** *ist eine Konjunktion, die einen Nebensatz einleitet.*
5. ***„dass"*** *kann durch kein anderes Wort ersetzt werden.*

BRIEF AN EINEN FREUND (104 WÖRTER/8 PUNKTE) ⌛ ⌛ ⌛

Ich will dir sagen, **dass** du mein bester Freund bist. Du bist immer für mich da und tröstest mich, wenn ich traurig bin. **Das** finde ich toll. Zusammen haben wir viel Spaß, denn nur du lachst über meine Witze. Das Bild, **das** du mir gemalt hast, hängt in meinem Zimmer. So kann ich immer an dich denken. Ich spiele auch gerne mit dir. **Das** kannst du mir glauben. Mich stört es wirklich nicht, **dass** du manchmal schummelst. **Das** finde ich eigentlich sogar lustig. Du sollst wissen, **dass** ich dich lieb habe, und ich hoffe, **dass** wir für immer Freunde bleiben.

Mein kleiner Hund (96 Wörter/11 Punkte) ⌛ ⌛

Mein größter Traum wurde wahr. Ich wünschte mir, **dass** ich einen kleinen Hund bekomme. Ich finde es toll, **dass** Mama und Papa auf mich gehört haben. Der Hund heißt Paul, **das** ist auch der Name meines Opas. Paul ist so klein, **dass** er sogar in einen Schuhkarton passt. **Das** Futter, **das** ihm Mama gekauft hat, mag er nicht. **Das** Wasser, **das** ich ihm gebe, trinkt er immer gleich aus. Papa kocht Paul jetzt essen, **das** ihm schmeckt. Aber am liebsten fängt er Fliegen. **Das** ist so lustig, **dass** sogar Oma lachen muss.

DER VERLORENE SCHLÜSSEL (102 WÖRTER/11 PUNKTE) ⌛ ⌛ ⌛

Mein Schlüssel ist schon wieder weg. Meiner Mutter wird nicht gefallen, **dass das** schon wieder passiert ist. Sie hat mir schon das letzte Mal gesagt, **dass das** aufhören muss. Leider verliere ich den Schlüssel nicht zum ersten Mal. Vielleicht sollte ich ihn doch an **das** Band, **das** mir Oma geschenkt hat, machen. Es ist ein Band, **das** man an den Schlüssel bindet. Aber **das** sieht so doof aus. Meine Mutter sagt immer, **dass** es nicht auf das Aussehen ankommt. Vielleicht probiere ich es mal. Ich hoffe, **dass** es mir dabei helfen wird, **das** Problem in den Griff zu bekommen.

Schokolade (98 Wörter/13 Punkte) ⌛ ⌛

Meine Mama sagt, **dass** Schokolade essen nicht gut ist. Wenn **das** so ist, warum schmeckt sie dann so gut? Ich kenne kein Kind, **das** Schokolade nicht mag. Jeder weiß, **dass** Schokolade aus Bohnen gemacht wird. Ist es dann nicht so, **dass** Schokolade ein Gemüse ist? Mein Papa sagt, **dass das** andere Bohnen sind. Ob **das** stimmt? Papa sagt auch, **dass** in Schokolade viel zu viel Zucker ist. Es ist deshalb wichtig, **dass** man nicht zu viel davon isst. Wenn Mama und Papa **das** sagen, wird **das** schon stimmen. Ich hoffe, **dass** bald jemand Schokolade ohne Zucker erfindet.

Bonus Diktate

„seid" oder „seit"

- *„seid" kommt von dem Wort „sein" und wird mit „d" geschrieben.*
- *„seit" ist eine Präposition und wird bei zeitlichen Angaben benutzt.*

„Seid ihr schon losgefahren?" (134 Wörter/6 Punkte) ⌛ ⌛ ⌛

Jedes Mal, wenn unsere Familie einen Ausflug an den See plant, endet es in einem Chaos. Meine Tante und mein Onkel kommen immer zu spät. Meine Mutter ruft sie dann an und fragt: „**Seid** ihr schon losgefahren?" Das letzte Mal antwortete mein Onkel: „Wir sind schon **seit** einer viertel Stunde unterwegs." Sie brauchen normalerweise eine halbe Stunde bis zu uns nach Hause. Zwanzig Minuten später rief meine Mutter sie erneut an: „Wo **seid** ihr denn nur, ihr solltet längst da sein?" Diesmal war mein Onkel dran und berichtete, dass sie **seit** zehn Minuten im Stau stehen. Wir warteten noch drei Stunden, dann stellte sich heraus, dass die beiden schon **seit** einiger Zeit am See sind und vergessen hatten, uns Bescheid zu geben. **Seit**dem planen wir keine gemeinsamen Ausflüge mehr.

„Paar" oder „paar"

- *Wenn „Paar" großgeschrieben wird, sind immer genau zwei Dinge gemeint, die zusammen gehören (z.B.: ein Paar Socken)*
- *Wenn „paar" kleingeschrieben wird, ist eine unbestimmte Anzahl (viele) von Dingen gemeint*

Ein paar Tage Urlaub (119 Wörter/8 Punkte) ⌛ ⌛ ⌛

Ein unzertrennliches **Paar** fährt für ein **paar** Tage in den Urlaub. Das **Paar** muss nur noch ein **paar** Sachen packen und dann kann es losgehen. Nachdem Hosen, Pullover und Hemden eingepackt sind, fehlt dem Mann nur noch ein **Paar** Socken. Er kann es einfach nicht finden. Er gibt auf und entscheidet sich, auf dem Weg neue Socken zu kaufen. Sie fahren los und halten an einem Supermarkt. An der Kasse merken sie, dass sie nur noch ein **paar** Euro haben. Das reicht zwar für die Verpflegung, aber nicht für die Socken. Das **Paar** steigt trotzdem ins Auto und fährt los. In ein **paar** Tagen kommen sie schon zurück und haben keine Zeit mehr zu verlieren.

„Mann" oder „man"

- *Der „Mann" ist eine männliche Person (z.B.: der Mann der Tante).*
- *„man" beschreibt viele oder alle Menschen, unabhängig von Geschlecht.*

Kennt jemand diesen Mann? (105 Wörter/7 Punkte) ⌛⌛⌛

In unserer Nachbarschaft kann **man** gut mit Hunden spazieren gehen. Ich sehe auch immer einen **Mann** mit seinem Schäferhund. Gestern stand der Hund allein bei uns im Garten. Wir versuchen, den **Mann** zu finden. Jetzt könnte **man** denken, dass er den Hund vielleicht ausgesetzt hat, aber das denke ich nicht. Wenn **man** ihn beim Gassi gehen sah, war er immer ganz lieb zu seinem Hund. Ich bin mir sicher, dass der **Mann** schon nach seinem Hund sucht. Wir haben Flugblätter mit einem Bild von dem Hund gedruckt auf denen steht: „Kennt jemand mein Herrchen?" So finden wir den **Mann** sicher schnell.

„ent-" oder „end-"

- „ent-" und „end-" sind Vorsilben
- Hat das Wort etwas mit Ende (Schluss) zu tun, benutzt man „end-"

Endlich Schulkind (101 Wörter/8 Punkte) ⌛⌛⌛

Jetzt ist der Kindergarten **endgültig** vorbei und ich bin ein Schulkind. Ich weiß schon in welche Schule ich gehe und habe sogar schon den Spielplatz **entdeckt**. Dann ist es aber auch mit der **Entspannung** am Nachmittag vorbei, denn dann werde ich immer ganz fleißig meine Hausaufgaben machen, denn ich möchte meine Mama nicht **enttäuschen**. Mein Bruder wird mir dabei helfen, der ist schon dritte Klasse und so können wir Mama ein bisschen **entlasten**. Ich gehe nur noch morgen in den Kindergarten und verabschiede mich **endgültig** von meinen Erziehern. Das ist also der **Endspurt** und dann bin ich **endlich** Schulkind.

„uhr-" oder „ur-"

- *„ur-" ist eine Vorsilbe und bezieht sich auf etwas Ursprüngliches (z.B.: Urzeit, Urkunde, Uraufführung).*
- *„uhr-" wird bei Wörter verwendet, die etwas mit der Uhrzeit zu tun haben.*

Im Museum (96 Wörter/5 Punkte) ⧗ ⧗

Nächste Woche geht unsere Klasse in das Museum und ich freue mich schon sehr. Dort sind Dinosaurier und andere Tiere aus der **Urzeit** ausgestellt. Besonders die **Urzeitmenschen** interessieren mich sehr, denn schließlich haben sie das Feuer erfunden. Ohne sie würden wir heute gar nichts haben, keine Autos, Häuser oder **Uhren**. Wenn wir keine **Uhren** hätten, wäre das aber auch gut, denn dann könnte ich nie wieder zu spät kommen. Das passiert mir leider ziemlich oft, so oft, dass mir Mama sogar eine **Urkunde** gegeben hat und mich offiziell zum „Bummler des Jahres" erklärt hat.

„wieder" oder „wider"

- *„wieder" drückt eine Wiederholung aus, es bedeutet so viel wie nochmal oder erneut.*
- *„wider" bedeutet dagegen, entgegen, gegen.*

Immer wieder montags (93 Wörter/8 Punkte) ⧗ ⧗

Es fällt mir montags immer **wieder** schwer, zeitig aufzustehen. Am liebsten würde ich mich jedes Mal **wieder** hinlegen. Aber ich gehe gern in die Schule, deshalb kann ich meinem Bett auch **widerstehen**. Ich stehe aber trotzdem **widerwillig** auf und mache mich für die Schule fertig. Bei meinem großen Bruder erfährt meine Mutter etwas mehr **Widerstand**, denn er möchte wirklich nicht aufstehen und schleicht sich immer **wieder** ins Bett zurück. Und das **wiederholt** sich jeden Montag. Zur **Wiedergutmachung** bringt mein Bruder jeden Montag nach der Schule Blumen für meine Mama mit.

„Rat" oder „Rad"

- *Ein ""at" ist eine Empfehlung oder ein Tipp.*
- *Ein „Rad" ist rund, zum Beispiel das Rad eines Fahrrades oder Autos*

Guter Rat ist teuer (104 Wörter/6 Punkte) ⌛ ⌛ ⌛

Kennst du das Sprichwort, dass guter **Rat** teuer ist? Ich habe meine Mutter gefragt, was das denn bedeutet. Sie meinte: „Weißt du noch, als du letzte Woche einen **Radschlag** gemacht und dabei dein **Fahrrad** umgestoßen hast und es gegen Papas Firmenauto gefallen ist? Ich stand einfach nur da und habe alles wie in Zeitlupe beobachtet. Ich war so **ratlos**, was ich jetzt machen sollte. Und da würde man sagen, dass guter **Rat** teuer ist. Verstehst du?" „Ja ich glaube ich verstehe es jetzt, wenn man nicht mehr weiter weiß, ist guter **Rat** teuer, weil man wirklich Hilfe braucht", antwortete ich.

„lehren" oder „leeren"

- *Beim „Lehren" wird jemandem etwas vermittelt oder beigebracht.*
- *Beim „Leeren" wird etwas ausgeschüttet, ausgetrunken und ist dann leer.*

Der leere Eimer (79 Wörter/5 Punkte) ⌛ ⌛

Als Martin nach der Schule nach Hause kam, wunderte er sich über einen **leeren** Eimer, der im Hausflur stand. Den musste seine Mutter gerade **entleert** und hier vergessen haben. „Mama", rief Martin, warum steht hier ein Eimer?" "Lass ihn ruhig stehen, ich will damit nachher den Biomüll **leerräumen**." Seine Mama ist **Biolehrerin** und beschäftigt sich sehr gern mit dem Biomüll. Manchmal nimmt sie sogar etwas mit in die Schule, um ihren Schülern etwas darüber zu **lehren**.

Rechtschreibtraining-spielend lernen

Rechtschreibung und Zeichensetzung sind extrem wichtig für das spätere Leben. Durch eine falsche Rechtschreibung oder ein falsches Satzzeichen kann es durchaus zu lustigen, aber auch zu ernsten Missverständnissen kommen. Ein bekanntes Beispiel dafür, wie wichtig schon ein kleiner Beistrich sein kann, ist der folgende Satz:

Komm, wir essen, Opa!

Komm, wir essen Opa!

Die Bedeutung des Satzes wird nur durch ein kleines Komma komplett verändert. Beim ersten Satz wird der Opa zum Essen gerufen. Im zweiten Satz sieht es so aus, als ob der Opa selbst verspeist werden soll.
Es gibt in der deutschen Sprache unzählige solche Beispiele, bei denen ein Satzzeichen oder ein Buchstabe einen entscheidenden Unterschied macht. Fehlende Kenntnisse in Rechtschreibung können zum einen in der Schule zu Problemen führen. Zum anderen aber auch das spätere Leben beeinflussen. Stellen Sie sich so einen Fehler in einem Bewerbungsanschreiben vor.

Viele Jugendliche und Erwachsene kommunizieren heute über Chats und Kurznachrichten. Dabei gebrauchen sie selten Groß- und Kleinschreibung, kaum mehr ganze Sätze und besonders selten Satzzeichen. Abkürzungen und Umgangssprachliche Schnitzer sind die Regel. Darunter leidet die Rechtschreibung. Viele Jugendliche, aber auch viele Erwachsene sind in Bezug auf Rechtschreibung gar nicht so

sattelfest, wie sie vielleicht glauben. Die Regeln, die hinter der korrekten Schreibweise stecken, kennen die Wenigsten. Zu den Diktaten gibt es deshalb bei jedem Schwerpunktthema einen bunten Info-Kasten mit den wichtigsten Rechtschreibregeln zum Thema. Lesen Sie sich die Regeln gut und durch und besprechen Sie sie auch mit Ihrem Kind. Lassen Sie sich die Regeln auch gerne von Ihrem Kind noch einmal erklären. Viele Kinder lernen lieber über Logik und Verständnis. Sind die Regeln klar, kann man sie auch leichter anwenden. Praktische Beispiele finden Sie gleich bei den Diktaten, aber auch hier. Das Rechtschreibtraining bietet Ihnen und Ihrem Kind noch ein paar abwechslungsreiche Übungsaufgaben.
Ein Tipp: Wollen Sie die Übungen aus dem Rechtschreibtraining mehrmals probieren? Dann kopieren Sie die entsprechende Seite und lassen Sie Ihr Kind die Übung auf der Kopie machen. So können auch hier einzelne Übungen immer wieder versucht werden, bis sie fehlerlos erledigt werden können. Manche Kinder lassen sich schnell entmutigen, wenn in dem Heft ohnehin schon ein Fehler steht. Mit Kopien können Sie das vermeiden.

Wichtig! Das gemeinsame Üben sollte nicht nur eine Fortführung des Unterrichts, sondern mehr wie eine schöne Beschäftigung sein, die das Kind genießt. Spaß, positives Feedback, Struktur und sorgfältig ausgewählte Aufgaben können zu dem gewünschten Erfolg führen. Die Übungen in diesem Kapitel sind die optimale Ergänzung zu den Diktaten und unterstützen den Unterricht vielseitig und detailliert.

Groß- und Kleinschreibung

Was ist denn hier passiert? Alle Wörter sind klein geschrieben. Markiere die Wörter im Text, die groß geschrieben werden müssen!

ES WAR EINMAL

es war einmal eine schöne prinzessin, die lebte in einem großen schloss. eines tages kam ein lieber prinz daher. er verliebte sich sofort in die prinzessin. er wollte sie unbedingt kennenlernen. und sie verbrachten viele tage zusammen und machten ausflüge. doch jeden tag merkte er ein bisschen mehr, dass die prinzessin zwar sehr schön war, aber auch sehr gemein. sie redete sehr schlecht über die bauern, denn sie verstand nicht, dass ihr königreich ohne die bauern nichts wäre. sie hätte nichts zu essen und es gäbe keine milch. doch am meisten ärgerte ihn, dass sie so gemein war. auf einmal fand er sie auch gar nicht mehr schön. er sagte dies der prinzessin auch und verließ ihr schloss noch am selben tag, um sich in eine bauerntochter zu verlieben.

FINDE MINDESTENS 1 VERWANDTES SUBSTANTIV! (15 PUNKTE)

LAUFEN → *der Lauf, der Wettlauf*

SCHLAFEN →

RAUBEN →

SONNIG →

FLIEGEN →

ESSEN →

ALT →

VERTRAULICH →

QUALVOLL →

SÜß →

DICHT →

SPARSAM →

HANDLICH →

LACHEN →

STÜNDLICH →

Zeichensetzung

WANDLE DIE SÄTZE IN EINE ANDERE SATZART UM! (10 PUNKTE)

Ich habe Hunger. FRAGESATZ →

Kannst du mir bitte den Stift geben? AUSSAGESATZ →

Petra, hol bitte das Auto!	FRAGESATZ →
Frau Scheffler ist eine tolle Lehrerin.	FRAGESATZ →
Paul schreibt in sein Heft.	AUFFORDERUNGSSATZ →
Hast du die Hausaufgabe gemacht?	AUSSAGESATZ →
Marko gibt Laura das Buch.	AUFFORDERUNGSSATZ →
Du kannst schon gut lesen.	FRAGESATZ →
Gib mir das sofort wieder!	FRAGESATZ →
Hast du gesehen, was Karl gemacht hat?	AUSSAGESATZ →

Setze das richtige Satzzeichen ein. Du kannst folgende benutzen (26 Punkte):

?　　!　　.　　:　　,

Seit heute haben wir eine neue Schülerin in der Klasse ___ Die Lehrerin hat gesagt ___ dass Beate ihr die Schule zeigen soll ___ Ihr Name ist Chantalle und sie ist wirklich sehr nett ____ „Kannst du mir als erstes die Kantine zeigen ____ " ____ hat sie gefragt ____ „Na klar ____ " ____ sagt Beate ____ Als sie in der Kantine ankommen ____ sieht Beate _____ dass es heute Nudeln gibt ___ Das ist Beates Lieblingsessen und auch Chantalle liebt Nudeln ___ „Was isst du denn noch gern __" ___ fragt Chantalle. Oh die Liste ist lang ___ Beate liebt ___ Schnitzel ___ Möhren ___ Äpfel ___ Pommes und Melone ____ Chantalle stimmt ihr zu ___ „Bei uns gibt es sonntags immer Pommes und Schnitzel ___ Komm doch mal vorbei ___" Die beiden verstehen sich schon richtig gut ___ .

„b” oder „p”

Oh weija, da hat wohl jemand „p" und „b" verwechselt. Schreibe den Text ohne Fehler ab.! (18 Punkte)

Der kleine Max und seine Familie sind im Urlaup. Am Samstag gehen sie zu einem großen Fest. Da gipt es sogar Pallons. Seine Mama erlaupt ihm, sich einen auszusuchen. Er kann sich nicht zwischen dem Biraten und der Erdpeere entscheiden. Max üperlegt lange und pleipt dann an dem Abfel-Pallon klepen. Den findet Max richtig pesonders und er liept ihn jetzt schon. Er freut sich so doll und ist so aufgeregt, dass er ihn aus Versehen los lässt. Und schon macht sich der schöne Pallon aus dem Staup und hept ab. Max pleipt traurig zurück. Aper Mama hat eine Idee und holt einen echten Abfel aus der Tasche.

Hier hat sich etwas vermischt: Kannst du herausfinden, welches Wort gemeint ist? (10 Punkte)

B S T O	
D B E I	
N B A A N E	
I L P Z	
B O L	
O R K B	
B L L A N O	
A U B T S	
I E E B L	
U L U A B R	

„d", „t", „dt" oder „tt"

Setze „seid" oder „seit" ein! (10 Punkte)

1. ______ ihr fertig?
2. ______ wir in Hamburg wohnen, gehe ich in eine neue Schule.
3. Die Frau lernt ______ kurzem Deutsch.
4. Die Freunde haben sich ______ dem Kindergarten nicht mehr gesehen.
5. Wo ______ ihr heute gewesen?
6. ______ ihr wirklich schon ______ drei Stunden wach?

7. Ich spiele, ______ ich sieben bin, Klavier.
8. Warum ______ ihr schon wieder zu spät?
9. Ich liege schon ______ zwei Wochen im Krankenhaus.
10. Danke, dass ihr immer für mich da ______.

Jetzt bist du Lehrer/Lehrerin: Welche Worte sind falsch geschrieben? Markiere sie mit einem farbigen Stift! (25 Punkte)

ordendlich	*entsetzlich*	*anstrengent*	*geeignet*	*Stad*
Ertbeere	*Matematik*	*vorwärds*	*Mund*	*dringend*
abends	*abseids*	*deutlich*	*Gedächtnis*	*Walt*
eigendlich	*hervorragent*	*öffentlich*	*entdecken*	*Jugend*
Elend	*endscheiden*	*Salad*	*Kind*	*endschei-den*

„D" oder „T"? Bilde erst die Mehrzahl und setze dann den richtigen Buchstaben ein! (14 Punkte)

das Kin__ → die	*das Ra__ → die*
der Ra__ → die	*der Aben__ → die*
der Sala__ → die	*das Hef__ → die*
die Fahr__ → die	*das Wor__ → die*
der Hun__ → die	*der Hel__ → die*

das Ba__ → die	*das Bil__ → die*
die Wan__ → die	*der Bar__ → die*

„ph", „f" oder „v"

Welches Wort in der Reihe ist falsch geschrieben?(8 Punkte)

Pfeife, Kraft, Fater, Vogel	→
Nerfen, schlafen, Ziffer, Vase	→
Farbe, Vieh, Vaulenzen, viel	→
Hof, Giraffe, Forderhaus, Frau	→
Vorderseite, Fohlen, Wirus, Foto	→
voll, befor, viel, von	→
Vermögen, Schiff, Phase, Alfabet	→
Katastrophe, Strofe, Delfin, Geographie	→

Setze "v" oder "f" ein! (40 Punkte)

__euerwehr	*__ersteck*	*__ollbad*	*__ollmilch*
__enster	*__uß*	*__isch*	*__erkehr*
__utter	*__orfahrt*	*__olk*	*__ergessen*
__ogel	*__ußgänger*	*__orhang*	*__est*
__ieh	*__reiheit*	*__eier*	*__ahrrad*
__ackel	*__unke*	*__ater*	*__orbild*
__all	*__ass*	*__orschlag*	*__orscher*

__essel	__ussel	__orhang	__rosch
__ersteck	__ertrag	__ergessen	__ase
__olljährig	__luss	__ angen	__rau

„s", „ss" oder „ß"

Welches Wort in der Reihe ist falsch geschrieben? (7 Punkte)

Fass, naß, Wasser, Haus	→
Spass, bloß, Strauß, Masse	→
lassen, Mass, Schluss, messen	→
Tasse, Rasen, Rasel, Fuß	→
Lasso, Grass, Fässer, Sessel	→
Grüsse, Hase, Nase, Genuss	→
Schüssel, Hass, Kasse, Kisen	→

Finde das richtige Wort mit „s", „ss" oder „ß"! (15 Punkte)

1. *ohne Schuhe* → _ _ _ _ _ _
2. *mitten im Gesicht* → _ _ _ _
3. *nicht Anfang* → _ _ _ _ _ _ _
4. *nicht klein* → _ _ _ _
5. *nicht der Ernst* → _ _ _ _
6. *nicht faul* → _ _ _ _ _ _ _
7. *nicht sauer* → _ _ _

8. *nicht öffnen →* _ _ _ _ _ _ _ _ _ _
9. *anderes Wort für Wiese →* _ _ _ _ _
10. *zwanzig + zehn →* _ _ _ _ _ _ _ _
11. *nicht kalt →* _ _ _ _
12. *nicht schwarz →* _ _ _ _
13. *Substantiv zu schwitzen →* _ _ _ _ _ _ _ _
14. *nicht Feuer →* _ _ _ _ _ _ _
15. *das hat der Cowboy →* _ _ _ _ _

„g", „k", „ck", „kk" oder „qu"

SETZE „G" ODER „K" RICHTIG EIN UND BILDE DEN PLURAL ODER FINDE EIN VERWANDTES WORT! (19 PUNKTE)

Der	*Erfol__*	→
der	*Betru__*	→
der	*Flu__*	→
der	*Käfi__*	→
der	*We__*	→
der	*Dan__*	→

der	*Schran__*	→
der	*Ber__*	→
der	*Köni__*	→
der	*Zwei__*	→
der	*Zwer__*	→
der	*Ta__*	→
der	*Zu__*	→
die	*Bur__*	→
die	*Ban__*	→
das	*Den__mal*	→
der	*Kru__*	→
der	*Rin__*	→
der	*Anzu__*	→

Setze „g" oder „k" richtig ein und steigere das Adjektiv oder finde ein verwandtes Wort! (8 Punkte)

kran__ →

billi__ →

klu__ →

muti__ →

lusti__ →

salzi__ →

flin__ →

sor__los →

Setze „g" oder „k" richtig ein und bilde die Grundform des Verbs! (10 Punkte)

Sie lo__ →

Er wie__t →

Es *la__* →

sie *sprin__t* →

er *tran__* →

es *sin__t* →

sie *sin__t* →

er *ja__t* →

sie *fra__t* →

sie *len__t* →

Welche Wörter findest du in dem Schlangenwort? (10 Punkte)

SCHOKOLADEAKTIONDEFEKTKONTAKTPROSPEKTPA-
KETAKTIVKORREKTAKTUELLTECHNIK

Finde 10 Wörter mit „qu" und 6 Wörter mit „kk"! (16 Punkte)

B	A	K	K	U	F	W	R	G	I	J	K	L	O	Q	P	L
W	Q	A	S	F	Q	U	A	L	C	B	N	Z	Q	U	I	Z
Q	U	E	L	L	E	Q	E	R	F	H	J	I	K	A	L	M
W	E	A	R	F	G	U	W	B	E	Q	U	E	M	R	P	O
W	R	E	F	I	R	A	A	S	V	U	H	J	Q	T	L	I
D	M	A	K	K	A	R	O	N	I	A	E	R	U	E	A	S
G	E	R	T	G	F	K	A	A	K	K	U	R	A	T	S	D
B	A	S	D	C	V	E	G	H	N	E	Y	X	D	T	K	L
A	K	K	O	R	D	E	O	N	Z	N	W	D	R	T	G	N
N	E	T	B	R	O	K	K	O	L	I	S	D	A	J	N	V
K	E	R	S	D	Q	A	V	M	K	P	U	A	T	S	C	H
L	C	V	N	G	H	A	A	K	K	U	S	A	T	I	V	O

„qu"

1.
2.
3.
4.
5.

„kk"

1.
2.
3.
4.
5.

6.

7.

8.

9.

10.

6.

„z" oder „tz"

SETZE EIN: TZ ODER Z (15 PUNKTE)

Tan__	kur__	Glan__
Wur__el	Pla__	Ar__t
nu__en	plö__lich	Pil__
Wi__	Stol__	Kreu__
Ka__e	Gei__	Frei__eit

Heute bist du Lehrer/Lehrerin. Welche Wörter sind richtig und welche falsch geschrieben? Markiere die Fehler mit Rot! (30 Punkte)

Weitzen	schmatzen	Schatz	Geitz	putzen
tantzen	Hertz	Blitz	Schweitz	Platz
Salz	Saz	Schmerz	Ozean	Polizei
benuzen	Witz	Gegensatz	Gesetz	glizern

jezt	*Matraze*	*Mütze*	*Schutz*	*spitz*
Absatz	*Hitze*	*Nez*	*Besitz*	*Sitz*

„sp" oder „st"

Finde alle 13 Wörter mit „st"! (13 Punkte)

D	S	A	I	H	G	C	S	T	U	H	L	D	S
E	S	S	T	E	R	N	E	L	K	I	S	N	T
S	T	R	U	M	P	F	H	O	S	E	T	C	E
T	E	J	S	A	S	D	R	F	T	U	I	I	C
O	C	S	T	E	I	N	T	T	O	K	E	E	K
R	K	T	I	H	O	T	G	E	C	R	F	S	N
C	D	R	E	I	N	P	N	R	K	F	E	P	A
H	O	E	R	S	T	E	M	P	E	L	L	T	D
L	S	T	A	U	B	S	A	U	G	E	R	K	E
H	E	S	R	S	T	I	N	K	E	N	S	M	L

Finde alle 13 Wörter mit „sp"! (13 Punkte)

A	D	S	P	R	A	C	H	E	G	S	H	I	P
H	S	P	I	E	G	E	L	E	I	P	D	S	A
I	P	I	R	T	S	W	V	N	L	I	K	P	I
S	I	N	G	S	P	Ü	L	M	I	T	T	E	L
P	E	N	H	K	O	P	E	S	T	Z	V	C	H
H	L	E	R	T	R	W	N	M	S	E	I	K	A
M	E	R	T	H	T	I	S	P	I	R	A	L	E
S	P	A	R	S	C	H	W	E	I	N	P	L	A
S	P	U	C	K	E	N	K	S	P	E	I	S	E
C	H	T	S	P	A	R	B	U	C	H	F	C	N

„i" oder „ie"

Buchstabensalat: Bringe die Buchstaben in die richtige Reihenfolge! (10 Punkte)

IETME →

ITTEM →

BNEEI →

BIRNEGN →

INDFNE →

B Z W E I L E →

T T I B E →

T I E B E →

D I L →

D I E L →

Setze „i" oder „ie" richtig ein! (25 Punkte)

Sp__l	*L__be*	*Sp__gel*	*Pap__r*	*T__ger*
sch__f	*Fr__den*	*Krokod__l*	*g__ßen*	*Fl__ge*
b__gen	*B__rne*	*Apr__l*	*L__cht*	*D__b*
K__nd	*l__gen*	*n__cht*	*D__nstag*	*f__nster*
spaz__ren	*n__*	*n__der*	*w__der*	*w__der*

“e” oder “ä”

WOVON IST DAS WORT ABGELEITET. ERGÄNZE! (10 PUNKTE)

JÄHRLICH →

KRÄFTIG →

WÄRME →

BÄCKER →

GÄSTE →

LÄNGE →

JÄGER →

UNZÄHLIG →

GELÄCHTER →

VÄTERLICH →

Setze „e“ oder „ä“ ein! (20 Punkte)

h__ben	sp__t	L__rm	Kn__te
schr__g	w__hrend	el__ktrisch	Gl__ser
K__fer	g__stern	erl__ben	J__ger
erz__hlen	__nkel	tr__ge	B__rg
R__tsel	Tr__ne	st__ndig	Kind__r

Verdopplung von Vokalen

Ordne die Wörter nach dem ABC! (20 Punkte)

Aal - Moos - Porree - Tee - Haar - Pool - Seele - Schnee - Paar - Saal - Boot - Fee - Zoo - Shampoo - Saat - Waage - See - Idee - Staat - Beere

1.	8.	15.
2.	9.	16.
3.	10.	17.
4.	11.	18.

5.

6.

7.

12.

13.

14.

19.

20.

Schreibe zu jedem Wort einen Satz! (10 Punkte)

Waage ____________________

Idee ____________________

Shampoo ____________________

Pool ____________________

Haar ____________________

Erdbeere ____________________

Zoo ____________________

Tee ____________________

Meer ____________________

Schnee ____________________

Verdopplung von Konsonanten

Jetzt bist du Lehrer/Lehrerin: Finde die Fehler und berichtige sie! (10 Punkte)

1. *Das Sternzeichen meiner Muter ist Waage.*
2. *Ich habe gesstern zu viel Knobblauch gegesen.*
3. *Mein kleine Schwesster wil immer mitspielen.*
4. *Ich solte wirklich öfter in den Suppermarkt gehen.*
5. *Mein Sitznachbar klaut mir ständig den Stifft.*
6. *Ich hofe wirklich, dass mein Pappa die Schrauben bestelt hat.*
7. *Mein kleiner Bruder spielt jetzt schon lannge Fusbal.*
8. *Ich habe einen Man mit seinem Hunnd gesehen.*
9. *Die Sone scheint heute besonders hel.*
10. *Meine Katze ist weggerant.*

Setze immer zwei Silben zu einem Wort zusammen! Jede Silbe darf nur einmal verwendet werden. (10 Punkte)

Him	*-mer*	*fal*	*-ne*	*Qual*	*-sel*	*-ten*	*hof*	*Kes*	*Jam*
Spin	*-fen*	*Brun*	*-len*	*Bet*	*-mel*	*bren*	*-len*	*-nen*	*-nen*

1.	2.	3.	4.	5.
6.	7.	8.	9.	10.

Diphthong - Laute

Finde mindestens 5 Reimwörter! (30 Punkte)

Haus - ____________________

Träume - ____________________

Bein - ____________________

Reis - ____________________

Keule - ____________________

Zeit - ____________________

Setze „eu" oder „äu" ein! (20 Punkte)

Fr__nd	*h__te*	*Z__gnis*	*Br__ne*
s__bern	*Ger__sch*	*Br__tigam*	*l__ft*
gl__big	*__ropa*	*R__ber*	*tr__men*
Geb__de	*R__me*	*L__te*	*l__chten*

t__schen *K__fer* *B__tel* *H__ser*

Dehnungs - h

FÜGE ZWEI SILBEN ZUSAMMEN! JEDE SILBE DARF NUR EINMAL VERWENDET WERDEN. WELCHE WÖRTER FINDEST DU? (10 PUNKTE)

Ge	*-ler*	*-ren*	*-len*	*Nah*	*neh*	*-nen*	*wäh*	*Ge*	*-len*
fah	*Strah*	*-wehr*	*feh*	*-men*	*Feh*	*-fahr*	*-rung*	*woh*	*-len*

____

____

____

____

IN JEDER ZEILE IST EIN WORT FALSCH GESCHRIEBEN. KANNST DU ES FINDEN? SCHREIBE ES RICHTIG NEBEN DIE ZEILE! (6 PUNKTE)

Zahl, Mel, Fehler, fahren, Fahne →
Huhn, Wahl, führen, bezalen, Bahn →
erzählen, Reh, Nahrung, Gewer, Lehre →
Gefahr, Folen, Lehrer, Zahn, Stuhl →
Sohn, Jahr, Ohr, fehlen, nemen →
wohnen, rühren, Strahl, kühl, Flo →

“-ig”, “-isch” und “-lich”

AUF WELCHE SILBE ENDET DAS WORT? TRAGE ES IN DIE RICHTIGE SPALTE DER TABELLE EIN! (24 PUNKTE)

herbst-	*farb-*	*kind-*	*fröh-*	*näm-*	*einz-*
hinder-	*alltäg-*	*fert-*	*fäh-*	*magnet-*	*kom-*
ärger-	*rost-*	*ruh-*	*wicht-*	*sonn-*	*natür-*
Kön-	*schmutz-*	*glück-*	*fried-*	*deut-*	*öffent-*

"IG"	"ISCH"	"LICH"

Zahlwörter

BUCHSTABENSALAT: WELCHE ZAHL SUCHEN WIR? SORTIERE DIE BUCHSTABEN UND SCHREIBE DIE ZAHL! (10 PUNKTE)

S B I E N E

N E A U N D Z W N Z I G U N

R I D E H N Z E

D E I U N E R T N H

E I U S E N D D R E I N T A

S I D R N U N D E I ß I G E B E

V I U N D I ß D R E I G E R

E I N H D E R T Z W A N Z I G U N

S E S U N E U N Z I G C H N D

F Ü N I E B Z I G F U N D S

Beantworte die Fragen und schreibe die Zahl aus! (5 Punkte)

Wann hast du Geburtstag?

Wie viel Grad sind gerade?

Wie alt sind deine Eltern?

Wie viel wiegst du?

Wie groß bist du?

Fremdwörter

Finde die 10 Fremdwörter: (10 Punkte)

Apotheke, Cousine, Handy, Jogginghose, Methode, Portmonee, Pyjama, Star, surfen, Trikot

P	A	G	E	K	S	M	E	T	H	O	D	E	T
O	L	K	W	S	G	K	P	H	T	S	V	N	M
R	K	Y	L	P	O	E	S	E	U	J	K	F	B
T	C	A	P	O	T	H	E	K	E	S	F	U	B
M	F	H	N	U	H	F	G	S	U	R	F	E	N

O	L	H	O	T	H	E	N	N	I	E	S	N	P
N	M	A	R	S	D	N	I	L	I	R	T	I	O
E	D	N	D	I	J	S	C	H	T	G	S	S	A
E	A	D	P	Y	G	T	S	I	E	K	G	U	R
F	P	Y	J	A	M	A	W	R	L	E	I	O	T
I	J	A	E	N	T	R	I	K	O	T	A	C	J

Wie heißt das nochmal? Finde das richtige Wort in der Tabelle und schreibe es in die Lücke! (22 Punkte)

Alternative	Restaurant	gestylt	Pyjama	Star	Trikot
chattet	einchecken	Cousine	Training	Blamage	Baguette
Tablet	Jeans	surfen	Teenager	Team	
Haarspray	Party	Spa-ghetti	Pullover	Cowboy	

1. Die Schwester deiner Mutter ist deine Tante. Die Tochter deiner Tante ist deine ________________.
2. Lass und ________________ und Indianer spielen!

3. Gestern waren wir in einem französischen ____________________, dort gab es __________________ zum Salat.
4. Anstatt mit _________________ und ______________ war ich gestern im _____________________ in der Schule. Das war eine _______________!
5. Petra ____________ am liebsten mit ihren Freundinnen auf dem ___________ ihrer Mutter.
6. Heute geht es in den Urlaub nach Hawaii zum _____________. Wir müssen uns beeilen, damit wir den Flug nicht verpassen, wir müssen noch ______________________.
7. Ralf´s ___________________ - Tochter will am Wochenende unbedingt auf die _______________.
8. Gibt es hier wirklich nur ___________________ zu essen? Haben sie keine ______________________?
9. Auch beim _________________ müssen alle im ___________ ihr ______________ tragen.
10. Tanja sieht aus wie ein echter _______________ . Sie ist immer top ______________. Schminke und _________________ benutzt sie täglich.

„das" oder „dass"

Setze „das" oder „dass" ein! (20 Punkte)

1. Kann es sein, _______ wir uns kennen?
2. ______ Glas, _______ auf dem Tisch steht, ist Lauras.
3. ______ war doch klar, _______ Kathi wieder zu spät kommt.
4. ______ Mädchen, _______ ein rotes Kleid trägt, ist richtig süß.
5. Ich habe mir ein neues Handy gekauft, _______ war richtig teuer.
6. Es nervt mich, _______ es ausgerechnet heute regnet.
7. Kennst du ______ Haus, _______ an der Straßenecke steht.

8. Theo freut sich, _______ er endlich in den Kindergarten darf.
9. Ich bin mir sicher, _______ du eine eins in der Klassenarbeit hast.
10. Sie meint ______ Auto, _______ gestern auf dem Parkplatz stand.
11. Es ist doch ganz klar, _______ Peter ein guter Fußballer ist.
12. Denkst du wirklich, _______ sie noch kommen wird?
13. ______ Essen, _______ Mama kocht, schmeckt am besten.
14. Ich hoffe wirklich, _______ du mein Geschenk magst.

Bonus:

Konzentrations- und Bewegungsspiele

Es gibt einige Tipps und Tricks, wie Sie Ihrem Kind helfen können, einfach zu lernen und sich besser zu konzentrieren. Manche Eltern unterschätzen, wie sehr sich auch die Ernährung und Bewegung auf das Lernverhalten eines Kindes auswirken.

Konzentration ist ausschlaggebend

Eine gesunde, abwechslungsreiche Ernährung und tägliche Bewegung an der frischen Luft stärken nicht nur das Immunsystem und geben Kraft, sondern fördern auch langfristig die Konzentrationsfähigkeit.

Was ist Konzentration eigentlich?

Konzentration bedeutet, dass man sich willentlich auf eine Sache oder Tätigkeit konzentriert. Dabei legt man den Fokus der Aufmerksamkeit auf das Erreichen eines Zieles oder das Lösen einer Aufgabe.

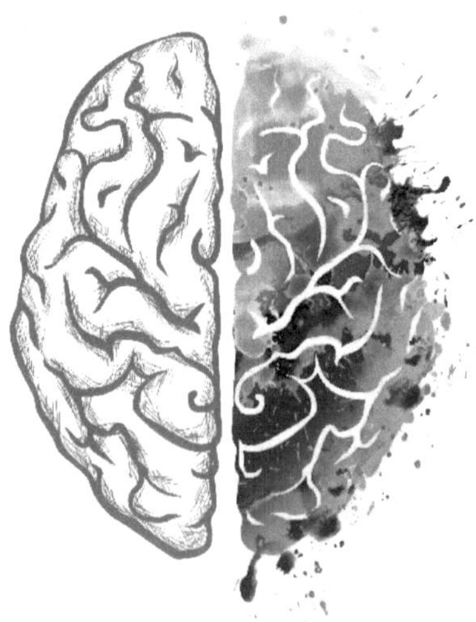

Wenn man sich konzentriert, ist man zu 100% bei der gestellten Aufgabe bzw. der Tätigkeit, sie steht im Vordergrund, während alles andere ausgeblendet wird. Sich zu konzentrieren ist sehr anstrengend, da das Gehirn immer wieder von äußeren Reizen abgelenkt wird. Aus diesem Grund ist eine volle Konzentration nur über einen relativ kurzen Zeitraum möglich.

Wie lange kann sich ein Kind konzentrieren?

Die Fähigkeit und die Dauer der kindlichen Konzentration ist sehr individuell. Manchen Kindern fällt es leicht und sie können sich länger konzentrieren als andere. Wenn Ihr Kind dabei Schwierigkeiten hat, ist das erstmal kein Grund zur Sorge. Wichtig ist, dass Sie verstehen, wie Sie ihr Kind unterstützen können und verstehen, wann Ihr Kind eine Pause braucht. Die durchschnittliche Konzentrationsspanne von Kindern beträgt:

Alter	*5 - 7 Jahre*	*7 – 10 Jahre*	*10 - 12 Jahre*	*12 - 14 Jahre*
Konzentrationsspanne	*etwa 15 Minuten*	*Etwa 20 Minuten*	*etwa 20 - 25 Minuten*	*30 Minuten*

Was bedeutet diese Tabelle jetzt? Am Stück können sich Kinder nur relativ kurz konzentrieren. Wenn das Lernen und Üben also Erfolg haben soll, macht es Sinn regelmäßige Pausen einzulegen. Das heißt, dass Sie das Übungsheft einmal weglegen. Sie können etwas trinken, sich über etwas unterhalten oder eine kleine Bewegungseinheit einschieben. In diesem Kapitel finden Sie Anregungen für die „Pausenzeit", die Ihrem Kind hilft, sich wieder zu fokussieren.

Warum fällt es Kindern manchmal schwer, sich zu konzentrieren?

Es gibt gesundheitliche Störungen, die eine sehr geringe Konzentrationsspanne mit sich ziehen. In der Regel sind es aber weniger dramatische Gründe, die sich in mangelnder Konzentration widerspiegeln. Dazu gehören:

Zu viel Ablenkung

Kinder lassen sich leicht ablenken, das heißt, dass schon die kleinsten Dinge ein Störfaktor sein können. Damit sich Ihr Kind konzentrieren kann, sollten Sie eine Atmosphäre ohne diese Störfaktoren schaffen. Dazu gehören zum Beispiel Radio oder TV, Lärm von der Straße, ein ständig klingelndes Telefon, wenn Sie nebenbei noch etwas anderes machen (Handy, Lesen) Aber auch ein nicht aufgeräumter Tisch, auf dem viele „interessante" Dinge liegen, kann dazu gehören.

Frust

Wenn eine Aufgabe einfach nicht lösbar erscheint oder nicht klappen will, kann das zu Frustration führen. Es ist schwer, sich aus einer Frustration heraus weiter zu konzentrieren. Versuchen Sie Ihrem Kind dann zu zeigen, was es alles schon geschafft hat und ermutigen Sie es, dass es auch diese schwierige Aufgabe lösen kann. Das bringt Motivation und hilft auch, sich wieder neu zu konzentrieren.

Müdigkeit oder geistige Erschöpfung

Wenn Ihr Kind müde oder gestresst ist, wird es sich nicht konzentrieren können. Die Gedanken kreisen dann um viele Sachen, die nichts mit der Aufgabe zu tun haben. Lassen Sie Ihr Kind ein großes Glas Wasser trinken. Das hilft manchmal schon gegen die Müdigkeit. Oder überlegen Sie, ob Sie die Aufgaben zu einem anderen Zeitpunkt lösen können. Wenn Ihr Kind gestresst ist, reden Sie darüber. Nutzen Sie die Zeit, Dinge zu klären.

Die gute Nachricht

Sie können die Konzentration Ihres Kindes fördern. Auf den folgenden Seiten finden Sie Übungen, die Ihrem Kind dabei helfen können, sich besser zu konzentrieren.

13 Tipps und Tricks für mehr Konzentration

1. Alles da?

Sorgen Sie dafür, dass Ihr Kind die richtigen Voraussetzungen hat. Ausreichend Schlaf, genug Flüssigkeit, keine Störfaktoren in der Lernumgebung und genügend Pausen sind ausschlaggebend für den Lernerfolg.

2. Buchstaben zählen

Im abgebildeten Viereck sehen Sie viele unterschiedliche Buchstaben. Um sich wieder zu konzentrieren, kann Ihr Kind zum Beispiel zählen, wie oft der Buchstabe „F" zu finden ist. Es kann alle „F" markieren und zählen. Beim nächsten Mal kann es alle „L" in einer anderen Farbe markieren, und so weiter.

L	D	V	B	W	F	C	S	A	X	B	H	J	K	O
L	Ö	P	J	H	Z	G	K	L	N	F	R	D	V	D
F	R	G	T	G	H	J	N	M	B	V	C	F	T	K
L	F	D	X	S	A	W	E	R	F	H	V	B	N	M
P	O	C	V	R	F	G	H	J	U	Z	T	G	H	J

K	D	E	S	W	Q	A	X	Y	C	F	D	R	G	H
B	N	M	K	L	P	O	F	D	S	F	G	H	L	K
H	J	N	M	L	K	I	U	L	K	V	F	D	R	L
F	D	S	X	C	V	T	G	H	J	N	K	M	N	V
G	F	D	X	S	E	W	Q	A	S	X	Y	S	F	D
E	T	G	K	L	J	D	S	F	P	O	N	M	X	S
A	Y	W	E	F	G	H	B	D	F	N	J	K	M	T
G	B	V	C	F	D	F	R	G	H	J	K	L	I	O
L	P	L	P	L	Z	U	J	N	M	D	C	V	W	S
C	D	R	T	G	H	Z	U	J	N	K	L	S	D	F

3. Rückwärts schreiben

Ihr Kind kann sich einen Satz ausdenken und diesen einmal aufschreiben. Im zweiten Schritt soll es denselben Satz einmal rückwärts aufschreiben: also von rechts nach links und mit spiegelverkehrten Buchstaben. Das macht Spaß und fördert die Konzentrationsfähigkeit.

4. Loslassen

Ermuntern Sie Ihr Kind dazu, alles wegzulegen und sich einen Punkt im Raum zu suchen, auf den es sich für zwei bis fünf Minuten fixieren kann. Dabei sollte es versuchen, an nichts zu denken, sondern einfach nur zu atmen und zu starren. Eine ähnliche Übung ist es, sich auf den Sekundenzeiger einer Uhr zu fixieren. Am besten eignet sich dazu eine Wanduhr. Durch dieses „zur Ruhe" Kommen und Fixieren auf einen Punkt wird sich Ihr Kind sofort wieder besser konzentrieren können.

5. Rückwärts buchstabieren

Fangen Sie mit einem einfachen Wort an. Sie können Ihrem Kind ein Wort vorgeben, oder Ihr Kind sucht sich allein ein Wort aus. Dann buchstabiert es dieses rückwärts. Sie könnten dann raten, welches Wort buchstabiert wurde. Das klingt erst einmal leicht, aber die Wörter können immer länger und komplexer werden. Wie wäre es zum Beispiel mit *„Kindergartenabschlussfestessenvorbereitungsarbeitsgruppentreffen"*?

6. Ich packe meinen Koffer

Das Spiel kennen Sie vielleicht aus Ihrer Kindheit. Fangen Sie an und sagen Sie: „Ich packe meinen Koffer und nehme mit" und jetzt denken Sie sich etwas aus. Ihr Kind wiederholt den Satz und das was Sie schon in den Koffer gelegt haben. Dann packt noch etwas dazu. Sie und Ihr Kind müssen also immer alles wiederholen, das schon im Koffer liegt und etwas neues hinzufügen. Das Spiel macht nicht nur Spaß, sondern fördert auch die Konzentration.

7. Buchstabensalat

Bei diesem Spiel nutzen Sie Wörter, um die Konzentrationsfähigkeit zu steigern. Überlegen Sie sich gemeinsam mit Ihrem Kind zusammengesetzte Wörter. Sie könnten sich zum Beispiel im Zimmer umsehen, um Ideen zu bekommen. Dann vertauschen Sie die Anfangsbuchstaben. Also wird zum Beispiel aus Fensterbank „Bensterfank". Das klingt erst einmal einfach aber benötigt viel Konzentration. Versuchen Sie gegenseitig mit Ihrem Kind, die Wörter zu erraten.

8. Fehlerbilder

Sie könnten anfangen, die Fehlerbilder aus Zeitungen und Zeitschriften zu sammeln. Wenn Sie es dann brauchen, können diese Ihrem Kind helfen, zur Konzentration zurückzufinden. Einfach fünf Minuten Pause vom Lernen oder Üben einschieben und ein Fehlerbild bearbeiten.

9. Rückwärts erinnern

Rückwärts erinnern ist ideal, um die Konzentrationsfähigkeit zu stärken und Gedanken zu ordnen. Fragen Sie Ihr Kind, wie es in der Schule war und was es gemacht hat. Aber in umgekehrter Reihenfolge. Ihr Kind beginnt als am Ende des Schultages.

10. Genau zuhören

Bei dieser Übung muss Ihr Kind genau zuhören. Sie können Ihrem Kind eine beliebige Geschichte oder einen Artikel vorlesen. Bevor es losgeht, entscheiden Sie sich für ein bestimmtes Wort, z.B.: „aber“, „oder“, „wenn“. Ihr Kind hat jetzt die Aufgabe zu zählen, wie oft das Wort in dem Text vorkommt. Wenn das gut klappt, können Sie die Aufgabe auch auf mehr Wörter steigern.

11. Wegbeschreibung

Fragen Sie Ihr Kind nach einer Wegbeschreibung. Also zum Beispiel von der Schule bis nach Hause, oder den Weg bis zur Oma. Diese Übung sollte Ihr Kind schriftlich erledigen. Wenn Ihr Kind noch nicht so gut schreiben kann, kann es den Weg auch malen.

12. Rückwärts-ABC

Haben Sie schon einmal probiert, das Alphabet rückwärts aufzusagen? Das erfordert jede Menge Konzentration und ist eine super Übung für Ihr Kind.

Falls das für Ihr Kind noch zu schwer ist, kann es das Alphabet auch vorwärts aufsagen und jeden zweiten oder dritten Buchstaben weglassen.

13. Nachzeichnen

Bei dieser Übung sollte sich Ihr Kind einen Gegenstand im Raum aussuchen und diesen für eine Minute intensiv anschauen. Danach versucht Ihr Kind, den Gegenstand so detailgetreu wie möglich nachzumalen.

Wichtig ist, dass Sie in Kontakt mit Ihrem Kind treten und verstehen, wenn es eine Pause benötigt. Denn die besten Übungen bringen nichts, wenn Ihr Kind sich nicht konzentrieren kann. Diese Konzentrationsübungen und -spiele können während des Lernens oder Übens als kleine Pause genutzt werden. Sie können sie aber auch in Ihren Alltag integrieren. Zum Beispiel, wenn Sie beim Arzt im Wartezimmer sitzen oder in Bus und Bahn fahren. So können Sie Ihr Kind dabei unterstützen die allgemeine Konzentrationsfähigkeit zu steigern.
Außerdem ist es wichtig, einen Ausgleich zwischen Lernen im Sitzen und Bewegung zu schaffen. Eine Bewegungseinheit kann helfen, dass Ihr Kind sich wieder besser konzentrieren kann. Im nächsten Kapitel finden Sie dazu einige Ideen. Denn auch bei Konzentrationsübungen ist es wichtig, dass sie spielerisch und spannend für Ihr Kind gestaltet sind.

Motorische Konzentrationsübungen

Neben den Übungen und Spielen, die die Konzentrationsfähigkeit steigern sollen, gibt es auch eine Menge Aktivitäten, die den ganzen Körper miteinbeziehen. Denn manchmal hilft es bei fehlender Konzentration schon, wenn Ihr Kind das Gehirn mal für wenige Minuten ausschaltet und die Bewegung im Vordergrund steht. Außerdem fühlen sich so das Lernen und Üben weniger wie Schule an und können sogar Spaß bringen.

1. Sich strecken

Gerade nach einem langen Schultag hat Ihr Kind in der Regel schon viel gesessen. Es kann der Konzentration guttun, sich zu strecken. Stehen Sie gemeinsam mit Ihrem Kind auf, springen Sie ein paar Mal, kreisen Sie Arme und Nacken.

2. Fingerübungen

Es gibt eine Übung bei der Ihr Kind mit der Spitze des Daumens auf die Spitzen der anderen Finger derselben Hand tippt. Der Daumen beginnt dabei am Zeigefinger, alle Finger durch bis zum kleinen Finger und zurück. Danach ist die andere Hand dran. Wenn Sie den Schwierigkeitsgrad erhöhen möchten, kann Ihr Kind das mit beiden Händen gleichzeitig machen. Und danach kann es dies auch noch in unterschiedliche Richtungen probieren.

3. Die Null und die Acht

Durch diese Übung wird nicht nur die Konzentration gesteigert, sondern auch die Augen-Hand-Koordination trainiert. Als erstes sollte Ihr Kind aufstehen und sich einmal richtig durchschütteln. Dann stellt sich Ihr Kind aufrecht hin und zeichnet mit einer Hand eine große Null in die Luft. Danach zeichnet es mit der anderen Hand eine große Acht in die Luft. Ihr Kind kann dies ein paar Mal abwechselnd tun und dann beide Zahlen gleichzeitig in die Luft zeichnen. Diese Übung ist ein tolles Beispiel, wie Gehirnjogging und physische Bewegungen kombiniert werden können.

4. Yoga

Sie können sich auch zehn bis fünfzehn Minuten Zeit nehmen und mit Ihrem Kind ein paar kleine Yogaübungen machen. Es bietet sich zum Beispiel „der Baum" an. Dies ist eine tolle Übung, um Konzentration und Gleichgewicht zu trainieren. Ihr Kind stellt sich dabei auf ein Bein. Das andere Bein wird angewinkelt und der Fuß wird seitlich kurz über dem Knie „abgestellt". Auch der „Knieplattler" ist eine tolle Yoga Übung, die die Konzentration und Koordination Ihres Kindes fördert. Dazu stellt sich Ihr Kind aufrecht hin und hebt das rechte Bein, winkelt es an und klatscht es mit der linken Hand ab. Danach werden Bein und Hand gewechselt. Durch die Überkreuzung wird die Verbindung der beiden Gehirnhälften aktiviert und das fördert die Konzentration.

5. Simon sagt

Vielleicht kennen Sie dieses Spiel schon. Es ist perfekt, um Selbstregulierung zu entwickeln. Außerdem wird es Ihrem Kind helfen, Anweisungen zu folgen und sich danach wieder besser zu konzentrieren. Sie können dabei die Rolle von Simon übernehmen und Ihrem Kind Anweisungen geben. Wenn Sie den Satz mit „Simon sagt" beginnen, muss Ihr Kind das machen, was Sie sagen. Also zum Beispiel hüpfen, sich im Kreis drehen, strecken, dehnen u.s.w. Wenn Sie die Aufforderung ohne „Simon sagt" beginnen, darf Ihr Kind dieser nicht nachkommen. Ein tolles Spiel, um Bewegung und Konzentration zu fördern.

6. Eine Minute

Vor allem, wenn beim Lernen oder Üben die Luft raus ist, kann dieses Spiel helfen, wieder neuen Wind hineinzubringen. Durch eine kurze Auszeit kann Ihr Kind wieder Energie tanken, um fleißig weiter zu lernen. Bei diesem Spiel stellen Sie Ihrem Kind kleine Aufgaben, die es in einer Minute meistern soll. Am besten natürlich mit ganz viel Bewegung, als Ausgleich zu dem vielen Sitzen. Das kann zum Beispiel sein: so viele Spielkarten wie möglich vom Boden einsammeln (die Sie vorher großzügig dort verteilen), so viele Male wie möglich im Garten um die Wäschestangen flitzen oder so oft, wie möglich einen Luftballon in die Luft werfen. Ihrer Phantasie sind keine Grenzen gesetzt. Am besten stoppen Sie die Zeit. Das Spiel bringt sehr viel Spaß und Abwechslung.

7. Das Taschentuch Spiel

Für dieses Spiel brauchen Sie ein Papiertaschentuch. Fragen Sie Ihr Kind, dieses in zwei Lagen zu teilen. Dann wirft Ihr Kind eine Lage in die Luft, ab jetzt dürfen keine Hände mehr benutzt werden. Stattdessen muss es pusten und so das Taschentuch so lange wie möglich in der Luft halten.

8. Pferderennen

Pferderennen ist ein weiteres Spiel, dass sich perfekt für eine Pause beim Lernen oder Üben eignet. Ihr Kind bleibt erst einmal auf dem Schreibtischstuhl sitzen. Ziel ist es, die Bewegungen und Geräusche eines Pferderennens im Sitzen nachzuahmen. Wenn Ihr Kind sich auf die Oberschenkel schlägt, geht es los. Sie geben nun Ihrem Kind die Kommandos: Linkskurve (= Oberkörper nach links beugen), Rechtskurve (= Oberkörper nach rechts beugen), Hindernis (= Arme in die Luft heben und kurz aufspringen), Doppel Hindernis (= wie Hindernis, aber zweimal), Pferde rempeln (= Buh rufen), Zieleinlauf (= jubeln) und Gewinner (= posieren für das Siegerbild)

9. Wasserglas-Spiel

Dazu brauchen Sie ein Glas, welches Ihr Kind mit Wasser füllt. (halbvoll reicht aus). Die Aufgabe ist es nun, dass Ihr Kind dieses Glas mit ausgestrecktem Arm vor dem Körper hält, ohne dass sich das Wasser bewegt. Bei dieser Übung ballt sich förmlich die ganze Konzentration im Blick auf die Wasseroberfläche.

10. Balanceübungen

Balanceübungen eignen sich ausgezeichnet, um die Konzentration Ihres Kindes wieder zurückzubringen. Ihr Kind sollte sich erst einmal richtig durchschütteln. Sie können einfach beginnen. Dabei steht Ihr Kind auf einem Bein. Wenn das zu leicht es, kann es in die Waage Position gehen. Dazu steht es auf einem Bein, breitet die Arme aus und beugt den Oberkörper im rechten Winkel nach vorn. Sie können Ihr Kind aber auch mit einem Buch auf dem Kopf durch das Zimmer laufen oder Kniebeugen machen lassen.

Es gibt natürlich noch unzählige weitere Übungen und Spiele. Wichtig ist, durch motorische Übungen Abwechslung und Spaß in die Situation des Lernens oder Übens zu bringen.

Lösungen zum Rechtschreibtraining

Groß- und Kleinschreibung

Es war einmal

Es war einmal eine schöne Prinzessin, die lebte in einem großen Schloss. Eines Tages kam ein lieber Prinz daher. Er verliebte sich sofort in die Prinzessin. Er wollte sie unbedingt kennenlernen. Und sie verbrachten viele Tage zusammen und machten Ausflüge. Doch jeden Tag merkte er ein bisschen mehr, dass die Prinzessin zwar sehr schön war, aber auch sehr gemein. Sie redete sehr schlecht über die Bauern, denn sie verstand nicht, dass ihr Königreich ohne die Bauern nichts wäre. Sie hätte nichts zu essen und es gäbe keine Milch. Doch am meisten ärgerte ihn, dass sie so gemein war. Auf einmal fand er sie auch gar nicht mehr schön. Er sagte dies der Prinzessin auch und verließ ihr Schloss noch am selben Tag, um sich in eine Bauerntochter zu verlieben.

laufen	→ der Lauf, der Wettlauf
schlafen	→ der Schlaf, Der Schlafanzug, die Schlafenszeit
rauben	→ das Rauben, der Räuber
sonnig	→ die Sonne, das Sonnenbaden
fliegen	→ der Flug, das Flugzeug
essen	→ das Mittagessen, der Essenskorb

alt	→ das Alter, der Alte, die Altersangabe
vertraulich	→ das Vertrauen, die Vertrauensfrage
qualvoll	→ die Qual, die Tierquälerei
süß	→ die Süße, die Süßigkeiten
dicht	→ die Dichte, die Dichtung
sparsam	→ das Sparen, die Spardose, das Sparbuch
handlich	→ die Hand, die Handlung
lachen	→ das Lachen, der Lachanfall
stündlich	→ die Stunde, die Morgenstunde

Zeichensetzung

Ich habe Hunger.	Fragesatz → Hast du Hunger?
Kannst du mir bitte den Stift geben?	Aussagesatz → Du kannst mir den Stift geben.
Petra, hol bitte das Auto!	Fragesatz → Petra, kannst du das Auto holen?
Frau Scheffler ist eine tolle Lehrerin.	Fragesatz → Ist Frau Scheffler eine tolle Lehrerin?
Paul schreibt in sein Heft.	Aufforderungssatz → Paul, schreib in dein Heft!
Hast du die Hausaufgaben gemacht?	Aussagesatz → Du hast die Hausaufgaben gemacht.

Marko gibt Laura das Buch.	Aufforderungssatz → Marko, gib Laura das Buch!
Du kannst schon gut lesen.	Fragesatz → Kannst du schon gut lesen?
Gib mir das sofort wieder!	Fragesatz → Kannst du mir das sofort wieder geben?
Hast du gesehen, was Karl gemacht hat?	Aussagesatz → Du hast gesehen, was Karl gemacht hat.

Seit heute haben wir eine neue Schülerin in der Klasse Punkt Die Lehrerin hat gesagt Komma dass Beate ihr die Schule zeigen soll Punkt Ihr Name ist Chantalle und sie ist wirklich sehr nett Punkt „Kannst du mir als erstes die Kantine zeigen Fragezeichen “ Komma hat sie gefragt Punkt „Na klar Ausrufezeichen “ Komma sagt Beate Punkt Als sie in der Kantine ankommen Komma sieht Beate Komma dass es heute Nudeln gibt Punkt Das ist Beates Lieblingsessen und auch Chantalle liebt Nudeln Punkt „Was isst du denn noch gern Fragezeichen ” Komma fragt Chantalle Punkt Oh die Liste ist lang Punkt Beate liebt Doppelpunkt Schnitzel Komma Möhren Komma Äpfel Komma Pommes und Melone Punkt Chantalle stimmt ihr zu Punkt „Bei uns gibt es sonntags immer Pommes und Schnitzel Punkt Komm doch mal vorbei Ausrufezeichen ” Die beiden verstehen sich schon richtig gut Punkt

„B" ODER „P"

Der kleine Max und seine Familie sind im Urlaub. Am Samstag gehen sie zu einem großen Fest. Da gibt es sogar Ballons. Seine Mama erlaubt ihm, sich einen auszusuchen. Er kann sich nicht zwischen dem Piraten und der Erdbeere entscheiden. Max überlegt lange und bleibt dann an dem Apfel-Ballon kleben. Den findet Max richtig besonders und er liebt ihn jetzt schon. Er freut sich so doll und ist so aufgeregt, dass er ihn aus Versehen los lässt. Und schon macht sich der schöne Ballon aus dem Staub und hebt ab. Max bleibt traurig zurück. Aber Mama hat eine Idee und holt einen echten Apfel aus der Tasche.

b s t O	das Obst
D b e i	der Dieb
n B a a n e	die Banane
i l P z	der Pilz
b o L	das Lob
o r K b	der Korb
B l l a n o	der Ballon
a u b t S	der Staub
i e e b L	die Liebe
U l u a b r	der Urlaub

„D", „T", „DT" ODER „TT"

1. Seid ihr fertig?
2. Seit wir in Hamburg wohnen, gehe ich in eine neue Schule.
3. Die Frau lernt seit kurzem Deutsch.
4. Die Freunde haben sich seit dem Kindergarten nicht mehr gesehen.
5. Wo seid ihr heute gewesen?
6. Seid ihr wirklich schon seit drei Stunden wach?
7. Ich spiele, seit ich sieben bin, Klavier.
8. Warum seid ihr schon wieder zu spät?
9. Ich liege schon seit zwei Wochen im Krankenhaus.
10. Danke, dass ihr immer für mich da seid.

ordentlich	entsetzlich	anstrengend	geeignet	Stadt
Erdbeere	Mathematik	vorwärts	Mund	dringend
abends	abseits	deutlich	Gedächtnis	Wald
eigentlich	hervorra-gend	öffentlich	entdecken	Jugend
Elend	entscheiden	Salat	Kind	entscheiden

das Kind → die Kinder	das Rad → die Räder
der Rat → die Räte	der Abend → die Abende
der Salat → die Salate	das Heft → die Hefte
die Fahrt → die Fahrten	das Wort → die Worte
der Hund → die Hunde	der Held → die Helden
das Bad → die Bäder	das Bild → die Bilder
die Wand → die Wände	der Bart → die Bärte

„PH", „F" ODER „V"

Pfeife, Kraft, Fater, Vogel	→ der Vater
Nerfen, schlafen, Ziffer, Vase	→ die Nerven
Farbe, Vieh, Vaulenzen, viel	→ das Faulenzen
Hof, Giraffe, Forderhaus, Frau	→ das Vorderhaus
Vorderseite, Fohlen, Wirus, Foto	→ das Virus

voll, befor, viel, von	→ bevor
Vermögen, Schiff, Phase, Alfabet	→ das Alphabet
Katastrophe, Strofe, Delfin, Geographie	→ die Strophe

„V" ODER „F"

Feuerwehr	Versteck	Vollbad	Vollmilch
Fenster	Fuß	Fisch	Verkehr
Futter	Vorfahrt	Volk	vergessen
Vogel	Fußgänger	Vortrag	Fest
Vieh	Freiheit	Feier	Fahrrad
Fackel	Funke	Vater	Vorbild
Fall	Fass	Vorschlag	Forscher
Fessel	Fussel	Vorhang	Frosch
Versteck	Vertrag	vermissen	Vase
volljährig	Fluss	fangen	Frau

„S", „SS" ODER „ß"

Fass, naß, Wasser, Haus	→ nass
Spass, bloß, Strauß, Masse	→ der Spaß
lassen, Mass, Schluss, messen	→ das Maß
Tasse, Rasen, Rasel, Fuß	→ die Rassel

Lasso, Grass, Fässer, Sessel	→ das Gras
Grüsse, Hase, Nase, Genuss	→ die Grüße
Schüssel, Hass, Kasse, Kisen	→ das Kissen

1. ohne Schuhe → barfuß
2. mitten im Gesicht → die Nase
3. nicht Anfang → der Schluss
4. nicht klein → groß
5. nicht der Ernst → der Spaß
6. nicht faul → fleißig
7. nicht sauer → süß
8. nicht öffnen → schließen
9. anderes Wort für Wiese → der Rasen
10. zwanzig + zehn → dreißig
11. nicht kalt → heiß
12. nicht schwarz → weiß
13. Substantiv zu schwitzen → der Schweiß
14. nicht Feuer → das Wasser
15. das hat der Cowboy → das Lasso

„G", „K", „CK", „KK" ODER „QU"

der Erfolg → die Erfolge, erfolgreich
der Betrug → der Betrüger
der Flug → die Flüge, das Flugzeug
der Käfig → die Käfige
der Weg → die Wege
der Dank → Danke
der Schrank → die Schränke
der Berg → die Berge, der Bergsteiger
der König → die Könige, die Königin
der Zweig → die Zweige
der Zwerg → die Zwerge

der Tag → die Tage, tagsüber
der Zug → die Züge
die Burg → die Burgen
die Bank → die Bänke, der Banker
das Denkmal → die Denkmäler, denken
der Krug → die Krüge
der Ring → die Ringe
der Anzug → die Anzüge
krank → kränker, das Krankenhaus
billig → billiger
klug → klüger
mutig → mutiger
lustig → lustiger
salzig → salziger
flink → flinker
sorglos → die Sorgen, sich sorgen

sie log → lügen
er wiegt → wiegen
es lag → liegen
sie springt → springen
er trank → trinken
es sinkt → sinken
sie singt → singen
er jagt → jagen
sie fragt → fragen
sie lenkt → lenken

SCHOKOLADEAKTIONDEFEKTKONTAKTPROSPEKTPAKETAKTIV-KORREKTAKTUELLTECHNIK
Schokolade, Aktion, defekt, Kontakt. Prospekt, Paket, aktiv, korrekt, aktuell, Technik

B	**A**	**K**	**K**	**U**	**F**	**W**	**R**	**G**	**I**	**J**	**K**	**L**	**O**	**Q**	**P**	**L**
W	**Q**	**A**	**S**	**F**	**Q**	**U**	**A**	**L**	**C**	**B**	**N**	**Z**	**Q**	**U**	**I**	**Z**
Q	**U**	**E**	**L**	**L**	**E**	**Q**	**E**	**R**	**F**	**H**	**J**	**I**	**K**	**A**	**L**	**M**
W	**E**	**A**	**R**	**F**	**G**	**U**	**W**	**B**	**E**	**Q**	**U**	**E**	**M**	**R**	**P**	**O**
W	**R**	**E**	**F**	**I**	**R**	**A**	**A**	**S**	**V**	**U**	**H**	**J**	**Q**	**T**	**L**	**I**
D	**M**	**A**	**K**	**K**	**A**	**R**	**O**	**N**	**I**	**A**	**E**	**R**	**U**	**E**	**A**	**S**
G	**E**	**R**	**T**	**G**	**F**	**K**	**A**	**A**	**K**	**K**	**U**	**R**	**A**	**T**	**S**	**D**
B	**A**	**S**	**D**	**C**	**V**	**E**	**G**	**H**	**N**	**E**	**Y**	**X**	**D**	**T**	**K**	**L**
A	**K**	**K**	**O**	**R**	**D**	**E**	**O**	**N**	**Z**	**N**	**W**	**D**	**R**	**T**	**G**	**N**
N	**E**	**T**	**B**	**R**	**O**	**K**	**K**	**O**	**L**	**I**	**S**	**D**	**A**	**J**	**N**	**V**
K	**E**	**R**	**S**	**D**	**Q**	**A**	**V**	**M**	**K**	**Q**	**U**	**A**	**T**	**S**	**C**	**H**
L	**C**	**V**	**N**	**G**	**H**	**A**	**A**	**K**	**K**	**U**	**S**	**A**	**T**	**I**	**V**	**O**

Akku, Akkordeon, Akkusativ, Brokkoli,, Makkaroni, akkurat
Quadrat, quaken,, Qual, Quelle, Quartett, Quatsch, quer, Quark, Quiz, bequem

„Z" ODER „TZ"

Tanz	kurz	Glanz
Wurzel	Platz	Arzt
nutzen	plötzlich	Pilz
Witz	Stolz	Kreuz
Katze	Geiz	Freizeit

Weitzen	schmatzen	Schatz	Geitz	putzen
tantzen	Hertz	Blitz	Schweitz	Platz
Salz	Saz	Schmerz	Ozean	Polizei
benuzen	Witz	Gegensatz	Gesetz	glizern
jezt	Matraze	Mütze	Schutz	spitz
Absatz	Hitze	Nez	Besitz	Sitz

„SP" ODER „ST"

D	**S**	**A**	**I**	**H**	**G**	**C**	**S**	**T**	**U**	**H**	**L**	**D**	**S**
E	**S**	**S**	**T**	**E**	**R**	**N**	**E**	**L**	**K**	**I**	**S**	**N**	**T**
S	**T**	**R**	**U**	**M**	**P**	**F**	**H**	**O**	**S**	**E**	**T**	**C**	**E**
T	**E**	**J**	**S**	**A**	**S**	**D**	**R**	**F**	**T**	**U**	**I**	**I**	**C**
O	**C**	**S**	**T**	**E**	**I**	**N**	**T**	**T**	**O**	**K**	**E**	**E**	**K**
R	**K**	**T**	**I**	**H**	**O**	**T**	**G**	**E**	**C**	**R**	**F**	**S**	**N**
C	**D**	**R**	**E**	**I**	**N**	**P**	**N**	**R**	**K**	**F**	**E**	**P**	**A**
H	**O**	**E**	**R**	**S**	**T**	**E**	**M**	**P**	**E**	**L**	**L**	**T**	**D**
L	**S**	**T**	**A**	**U**	**B**	**S**	**A**	**U**	**G**	**E**	**R**	**K**	**E**
H	**E**	**S**	**R**	**S**	**T**	**I**	**N**	**K**	**E**	**N**	**S**	**M**	**L**

Strumpfhose, Staubsauger, Stecknadel, Storch, Steckdose, Stock, Stuhl, Sterne, Stein, Stiefel, Stempel, Stier, stinken

A	D	S	P	R	A	C	H	E	G	S	H	I	P
H	S	P	I	E	G	E	L	E	I	P	D	S	A
I	P	I	R	T	S	W	V	N	L	I	K	P	I
S	I	N	G	S	P	Ü	L	M	I	T	T	E	L
P	E	N	H	K	O	P	E	S	T	Z	V	C	H
H	L	E	R	T	R	W	N	M	S	E	I	K	A
M	E	R	T	H	T	I	S	P	I	R	A	L	E
S	P	A	R	S	C	H	W	E	I	N	P	L	A
S	P	U	C	K	E	N	K	S	P	E	I	S	E
C	H	T	S	P	A	R	B	U	C	H	F	C	N

Spiegelei, Spinne, Spülmittel, Sparschwein, Sparbuch, Spitze, Spirale, Speck, Sport, Sprache, Spiel, spucken, Speise

„I" ODER „IE"

i e t M e → Miete
i t t e M → Mitte
B n e e i → Biene
b i r n e g n → bringen
i n d f n e → finden
b Z w e i l e → Zwiebel
t t i b e → bitte
t i e b e → biete
d i L → Lid
d i e L → Lied

Spiel	Liebe	Spiegel	Papier	Tiger
schief	Frieden	Krokodil	gießen	Fliege
biegen	Birne	April	Licht	Dieb
Kind	liegen	nicht	Dienstag	finster
spazieren	nie	nieder	wider	wieder

„E" ODER „Ä"

jährlich	→ das Jahr
kräftig	→ die Kraft
Wärme	→ warm
Bäcker	→ backen
Gäste	→ der Gast
Länge	→ lang
Jäger	→ jagen
unzählig	→ die Zahl
Gelächter	→ lachen
väterlich	→ der Vater

heben	spät	Lärm	Knete
schräg	während	elektrisch	Gläser
Käfer	gestern	erleben	Jäger
erzählen	Enkel	träge	Berg

Rätsel	Träne	ständig	Kinder

Verdopplung von Vokalen

1. Aal	8. Paar	15.See
2. Beere	9. Pool	16.Seele
3. Boot	10. Porree	17. Staat
4. Fee	11. Saal	18. Tee
5. Haar	12. Saat	19. Waage
6. Idee	13. Schnee	20.Zoo
7. Moos	14. Shampoo	

Waage	→ Ich versuche die Waage ins Gleichgewicht zu bringen.
Idee	→ Klaus hatte die Idee, an den See zu fahren.
Shampoo	→ Mein Shampoo hilft gegen fettige Haare.
Pool	→ Bald ist es so warm, dass wir wieder im Pool baden können.
Haar	→ Ich habe mir gestern die Haare schneiden lassen.
Erdbeere	→ Erdbeereis mit Sahne esse ich am liebsten.
Zoo	→ Gestern haben wir einen Tiger im Zoo gesehen.
Tee	→ Ich liebe heißen Tee mit Honig.
Meer	→ Im Sommer fahren wir mit der ganzen Familie ans Meer.
Schnee	→ Lass und Rodeln gehen, es liegt so viel Schnee.

Verdopplung von Konsonanten

1. Das Sternzeichen meiner Muter (Mutter) ist Waage.
2. Ich habe gesstern (gestern) zu viel Knobblauch (Knoblauch) gegesen (gegessen).
3. Mein kleine Schwesster (Schwester) wil (will) immer mitspielen.
4. Ich solte (sollte) wirklich öfter in den Suppermarkt (Supermarkt) gehen.
5. Mein Sitznachbar klaut mir ständig den Stifft (Stift).
6. Ich hofe (hoffe) wirklich, dass mein Pappa (Papa) die Schrauben bestelt (bestellt) hat.
7. Mein kleiner Bruder spielt jetzt schon lannge (lange) Fusbal (Fußball).
8. Ich habe einen Man (Mann) mit seinem Hunnd (Hund) gesehen.
9. Die Sone (Sonne) scheint heute besonders hel (hell).
10. Meine Katze ist weggerant (weggerannt).

1. Himmel	2. Brunnen	3. Quallen	4. Kessel	5. fallen
6. Betten	7. Spinne	8. Jammer	9. brennen	10.hoffen

Diphthong - Laute

Haus - Maus, Laus, Schmaus, raus, Strauß, hinaus, voraus, Nikolaus
Träume - Bäume, Räume, Schäume, Zäume, Bräune
Bein - kein, mein, Wein, nein, fein, sein
Reis - Schweiß, Mais, Fleiß, Gleis, heiß, Preis
Keule - Eule, Beule, Säule, Geheule, Fäule
Zeit - weit, schneit, bereit, soweit, Ehrlichkeit, Möglichkeit, Freiheit

Freund	heute	Zeugnis	Bräune
säubern	Geräusch	Bräutigam	läuft
gläubig	Europa	Räuber	träumen
Gebäude	Räume	Leute	leuchten

täuschen	Käufer	Beutel	Häuser

Dehnungs - h

Nahrung, Gewehr, Gefahr, Fehler, fahren, fehlen, nehmen, wohnen, Strahlen, wählen

Zahl, Mel, Fehler, fahren, Fahne → Mehl
Huhn, Wahl, führen, bezalen, Bahn → bezahlen
erzählen, Reh, Nahrung, Gewer, Lehre → Gewehr
Gefahr, Folen, Lehrer, Zahn, Stuhl → Fohlen
Sohn, Jahr, Ohr, fehlen, nemen → nehmen
wohnen, rühren, Strahl, kühl, Flo → Floh

„-ig", „-isch" und „-lich"

„ig"	„isch"	„lich"
farbig	magnetisch	herbstlich
einzig	komisch	kindlich
fertig	panisch	fröhlich
fähig	heimisch	nämlich
rostig	römisch	hinderlich
ruhig	launisch	alltäglich
wichtig	logisch	ärgerlich
sonnig		natürlich
König		glücklich
schmutzig		friedlich

	deutlich
	öffentlich

ZAHLWÖRTER

S B I E N E	Sieben - 7
N E A U N D Z W N Z I G U N	Neunundzwanzig - 29
R I D E H N Z E	Dreizehn - 13
D E I U N E R T N H	Einhundert - 100
E I U S E N D D R E I N T A	Eintausenddrei - 1003
S I D R N U N D E I ß I G E B E	Siebenunddreißig - 37
V I U N D I ß D R E I GE R	Vierunddreißig - 34
E I N H D E R T Z W A N Z I G U N	Einhundertzwanzig - 120
S E S U N E U N Z I G C H N D	Sechsundneunzig - 96
F Ü N I E B Z I G F U N D S	Fünfundsiebzig - 75

Wann hast du Geburtstag?	am Einunddreißigsten Ersten - 31.1.
Wie viel Grad sind gerade?	Zweiundzwanzig Grad - 22 Grad
Wie alt sind deine Eltern?	Mama - Sechsundvierzig - 46 Papa - Einundfünfzig - 51
Wie viel wiegst du?	Siebenundvierzig Kilogramm - 47 Kilo
Wie groß bist du?	Ein Meter Dreiundsechzig - 1,63

Meter

FREMDWÖRTER

P	A	G	E	K	S	M	E	T	H	O	D	E	T
O	L	K	W	S	G	K	P	H	T	S	V	N	M
R	K	Y	L	P	O	E	S	E	U	J	K	F	B
T	C	A	P	O	T	H	E	K	E	S	F	U	B
M	F	H	N	U	H	F	G	S	U	R	F	E	N
O	L	H	O	T	H	E	N	N	I	E	S	N	P
N	M	A	R	S	D	N	I	L	I	R	T	I	O
E	D	N	D	I	J	S	C	H	T	G	S	S	A
E	A	D	P	Y	G	T	S	I	E	K	G	U	R
F	P	Y	J	A	M	A	W	R	L	E	I	O	T
I	J	A	E	N	T	R	I	K	O	T	A	C	J

Jogginghose, Pyjama, Trikot, Cousine, surfen, Apotheke, Handy, Portmonnee, Star, Methode

1. Die Schwester deiner Mutter ist deine Tante. Die Tochter deiner Tante ist deine Cousine.
2. Lass uns Cowboy und Indianer spielen.
3. Gestern waren wir in einem französischen Restaurant, dort gab es Baguette zum Salat.
4. Anstatt mit Jeans und Pullover war ich gestern im Pyjama in der Schule. Das war eine Blamage!

5. Petra chattet am liebsten mit ihren Freundinnen auf dem Tablet ihrer Mutter.
6. Heute geht es in den Urlaub nach Hawaii zum Surfen. Wir müssen uns beeilen, damit wir den Flug nicht verpassen, wir müssen noch einchecken.
7. Ralfs Teenager-Tochter will am Wochenende unbedingt auf die Party.
8. Gibt es hier wirklich nur Spaghetti zu essen? Haben sie keine Alternative?
9. Auch beim Training müssen alle im Team ihr Trikot tragen.
10. Tanja sieht aus wie ein echter Star. Sie ist immer top gestylt. Schminke und Haarspray benutzt sie täglich.

„DAS" ODER „DASS"

1. Kann es sein, dass wir uns kennen?
2. Das Glas, das auf dem Tisch steht, ist Lauras.
3. Das war doch klar, dass Kathi wieder zu spät kommt.
4. Das Mädchen, das ein rotes Kleid trägt, ist richtig süß.
5. Ich habe mir ein neues Handy gekauft, das war richtig teuer.
6. Es nervt mich, dass es ausgerechnet heute regnet.
7. Kennst du das Haus, das an der Straßenecke steht.
8. Theo freut sich, dass er endlich in den Kindergarten darf.
9. Ich bin mir sicher, dass du eine Eins in der Klassenarbeit hast.
10. Sie meint das Auto, das gestern auf dem Parkplatz stand.
11. Es ist doch ganz klar, dass Peter ein guter Fußballer ist.
12. Denkst du wirklich, dass sie noch kommen wird?
13. Das Essen, das Mama kocht, schmeckt am besten.
14. Ich hoffe wirklich, dass du mein Geschenk magst.

Glossar

A

Adjektiv	Eigenschaftswort. Beschreibt ein Merkmal eines Wesens, Ding, Geschehen oder Umstands. (z.B.: schön, klein, zeitig)
Adjektiv steigern	Es gibt 3 Steigerungsstufen: 1. den Positiv (Grundform), 2. den Komparativ (Vergleichsstufe) und 3. den Superlativ (Höchststufe). (z.B.: 1. neu, 2. neuer, 3. am neuesten)
Artikel	Artikel stehen immer mit einem Substantiv. Durch ihn erkennt man das Geschlecht, die Zahl und den Fall eines Substantivs. Es gibt bestimmte und unbestimmte Artikel. (z.B.: **der** Hund, **die** Küche, **das** Haus, **die** Kinder, **ein** Stift)
Aufzählung	Eine Aufzählung ist eine Sammlung von Begriffen zu einem Thema. Die einzelnen Wörter werden durch Kommas getrennt. (z.B.: Einkaufsliste: Brot, Zucker, Eier, Mehl)
Ausrufesatz	Ein Ausrufesatz drückt Gefühle oder Wünsche aus. Am Ende des Satzes steht ein Ausrufezeichen. (z.B.: Gib mir die Tasse!)
Aussagesatz	Beim Aussagesatz wird eine Aussage getätigt, die wahr oder falsch sein kann. Am Ende des Satzes steht ein Punkt. (z.B.: Heute ist Montag.)

F

Fragesatz	Im Fragesatz wird eine Frage gestellt, die eine informative Antwort oder eine Reaktion erhofft. Am Ende des Satzes steht ein Fragezeichen. (z.B.: Wie spät ist es?)

H

Hauptsatz	Ein Hauptsatz ist ein selbstständiger Satz, der auch allein stehen kann. Ein Hauptsatz kann, sowohl Aussage-, Ausrufe- oder Fragesatz sein. (z.B.: Ich habe mir ein Auto gekauft.)

K

Konjunktion	Eine Konjunktion ist ein Bindewort, das Satzteile miteinander verbindet (z.B.: aber, denn, oder, und)
Konjunktionalsatz	Konjunktionalsätze sind Nebensätze, die durch eine Konjunktion eingeleitet werden. (z.B.: Ich mag dich, **denn du bist lieb.**)
Konsonant	Konsonanten sind Buchstaben, bzw. Mitlaute. Im Deutschen gibt es 21 Konsonanten. (b, c, d, f, g, h, j, k, l, m, n, p, q, r, s, t, v, w, x, y, z)

N

Nebensatz	Ein Nebensatz ist ein Teilsatz, der einem Hauptsatz untergeordnet ist. (z.B.: Ich kenne das Haus, **das an der Ecke steht.**)

O

Objekt	Ein Objekt ist ein Satzglied. Es beschreibt einen Gegenstand, und wird vom Prädikat gefordert. (z.B.: Ich lese **ein Buch**.)

P

Plural	Plural ist ein anderes Wort für Mehrzahl. Gibt es bei den Wortarten Verb, Substantiv und Pronomen. (z.B.: **Wir fahren** mit den **Fahrrädern**.)
Prädikat	Ein Prädikat ist ein Bestandteil jedes Satzes und bestimmt den Fall und die Zahl der anderen Satzglieder. Das Prädikat ist ein Verb. (z.B.: Ich **habe** Durst.)
R	
Relativsatz	Ein Relativsatz ist ein Nebensatz. Er dient dazu, die Eigenschaft einer Person oder eines Gegenstands näher zu beschreiben. (z.B.: Ich mag das Kleid, **das du dir gestern gekauft hast**.)
S	
Singular	Singular ist ein anderes Wort für Einzahl. Damit wird ein einzelnes Wesen oder eine einzelne Sache beschrieben. Gibt es bei den Wortarten Verb, Substantiv und Pronomen. (z.B.: **Ich habe ein Auto**.)
Subjekt	Ein Subjekt ist ein Satzteil und ist die ausführende Person des Satzes. (z.B.: **Gabi** liest gern Zeitung.)
Substantiv	Ein Substantiv ist ein Hauptwort oder Dingwort, Lebewesen, ein Sachverhalt oder ähnliches. Ein Substantiv wird immer großgeschrieben und hat einen Artikel. (z.B.: der Bauernhof, die Badewanne, das Sofa)
V	
Verb	Ein Verb ist ein Tunwort und drückt eine Handlung aus. (z.B.: lachen, tanzen, sagen)
Vokal	Ein Vokal ist ein Selbstlaut. (a, e, i, o ,u, ä, ö, ü)

Haftungsausschluss
Alle Ratschläge in diesem Buch wurden vom Autor und vom Verlag sorgfältig erwogen und geprüft. Eine Garantie kann dennoch nicht übernommen werden. Eine Haftung des Autors beziehungsweise des Verlags für jegliche Personen-, Sach- und Vermögensschäden ist daher ausgeschlossen.

Die Autorin Ute Finkel wird vertreten durch: Stanislaw Schöner | Dr.-Hans-Liebherr-Straße 36/1 | 88416 Ochsenhausen

Printed in Poland
by Amazon Fulfillment
Poland Sp. z o.o., Wrocław

76772795R00078